Produktdetails

Titel: © Arry der junge Drachenritter Dragonheart
Band 1 Die Rettung des Königreiches der Drachenritter

Autor: Harald Huemer
4050 Traun
ISBN: 978-3-200-07913-7
Empfohlen ab 10 Jahre.
Jugendbuch
Science-Fiction & Fantasy

Lizenzfreie Illustrationen mit einer Medien und Grafikklasse
Eigenverlag:

© Mai 2021
Taschenbuch - E-Book – CD – Hörbuch
264 Seiten

Ich komme aus einer Arbeiterfamilie, meine Eltern, sehr fleißig und liebevoll, ermöglichten und unterstützten mich, sodass ich eine technische Ausbildung mit Meisterprüfung absolvieren konnte.

Ich verliebte mich mit 16 Jahren, heiratete und bekam mit meiner Frau zwei wunderbare Söhne, die heute, Benjamin 32 und Tom 27 Jahre jung sind. Vor 2 Jahren habe ich eine neue Liebe gefunden, meine Enkeltochter Luisa.

Ich veränderte in der Mitte meines Lebens, nach dem Tod meiner geliebten Frau und der Erfahrung von zwei Herzinfarkten, mein Leben von Grund auf. Ich lernte eine liebe Frau mit zwei Mädchen kennen und wir gründeten eine Patchworkfamilie, die nach 12 Jahren endete.

Ich machte psychologische Ausbildungen zum Dipl. Lebens- und Sozialberater, studierte Sportpsychologie sowie Mentalcoaching und wurde Trainer im Bereich des Bogenschießens. Ich reiste in ferne Länder, zu den Indianern nach Kanada, nach Afrika zu den beeindruckenden Tieren und zu den Maori nach Neuseeland.

Heute bin ich ein zufriedener und friedvoller, junggebliebener Großvater, der Menschen seit über 14 Jahren hilft, wenn diese psychische Probleme haben, um einen neuen Weg zu finden.

Mittlerweile ist mein Weg, die Talente, die ich habe, meine Berufung geworden und ich finde das höchste Gut von uns Menschen ist die Liebe zu den anderen Menschen sowie die eigene Zufriedenheit, um glücklich zu sein.

Mein Buch „Arry der junge Drachenritter“ ist mein erstes Buch, das ich geschrieben habe, jedoch ist das zweite „Arry die sieben Siegel des Königreiches Dragonheart“ bereits in Arbeit.

Da ich gerne Lieder und Gedichte schreibe, hatte ich mich entschlossen, ein Fachbuch über meine Selbsthilfegruppe „Burn Out und Depressionen“ zu schreiben, aber ich hatte nie richtig Lust. Da passierte ein Wunder. Meine Enkeltochter ist zur Welt gekommen und ich wurde wieder an die Jugenderlebnisse mit meinen Kindern erinnert.

Ich schrieb diese Geschichte von Mythen, Träumen und Helden, denn ich denke, jeder Mensch ist ein Held in seinem Leben. Man muss nur den Mut haben zu tun, was man in seinen Wünschen und Träumen begehrt und liebt.

Ich hoffe, du hast den Mut
und lebst deine Träume!

In Liebe und Freundschaft

Harald Huemer
Traun, 05.05.2021

hahu@lebensberater-hhuemer.at **www.lebensberater-hhuemer.at**

Danksagungen

Danke liebe Luisa, die Idee des Buches entstand mit deiner Geburt. Du hast mich erinnert und inspiriert, wie ich meinen geliebten Söhnen Benjamin und Thomas in ihrer Kindheit immer Geschichten erzählt habe.

Einen lieben Dank an meine Familie, Papa, Mama, Heidi, Benjamin und Kerstin sowie Luisa, Thomas und Dani. An meine ehemalige Patchworkfamilie Silvia, Stephanie und Lisa. Dieses Buch würde es ohne euch nicht geben.

Wenn mich jemand fragt, wie lange ich gebraucht habe, um dieses Buch zu schreiben, antworte ich ganz ehrlich: „... ein paar Monate und davor mein ganzes Leben...“. Ich denke, dieses Buch kann auch ein Stück weit als meine Biografie angesehen werden.

Es kommen darin meine Familienmitglieder, Freunde und Wegbegleiter sowie der tiefere Sinn des Lebens, die Bestimmung und auch das Schicksal vor. Jeder hat seine Rolle und hilft in meiner Geschichte, das Königreich zu retten oder auch zu zerstören.

Besonderen Dank an meine Freunde und Helfer bei der Entstehung und Umsetzung dieses Buches, die mich immer wieder bestärkt und unterstützt haben, es umzusetzen.

Meine lieben Lektorinnen und Wegbegleiterinnen.
Birgit Lugmair, Elisabeth Tanczos und Ines Mittermair.

Stefan Lustig mit der Medien- und Grafikklasse HLW 2a, 2b,

Meine Freunde, Tony Fellner, Klaus Bamberger, Roman, Nina, Julian und Paul Reigl, Chris Dreer, Birgit Keck, Josef Zwierlein, Johann Grundhacker, Thomas Seidl und Tochter Lina sowie Mac.

Es wird einen zweiten Band geben.

Harald Huemer
Arry
der junge Drachenritter
Dragonheart

Band 1
Die Rettung des Königreiches der Drachenritter

ARRY,
der junge Drachenritter

Ich schreibe diese Geschichte für meine Kinder und Enkelkinder, für meine jungen und für die großen Freunde, die in ihren Herzen alte Sagen, Geschichten und Mythen lesen möchten, die ich immer mit Leidenschaft und gerne erzähle.

Das Ziel ist es, das Heilmittel Sternenstaubheilkraut zu finden, um den König mit dem gesamten Königreich zu retten.

Die Geschichte handelt von einem Jungen, der in der Zeit mit Drachen, Zwergen, Rittern, Prinzessinnen, Hexen, Zauberern, wilden Kreaturen, Königen und Helden lebt.

Es ist ein Land, wo es viele Abenteuer und Geschichten zu erleben gibt. Arry, der mit Herz, Verstand sowie Mut sein Bestes gibt, um seine Heimat zu retten.

Die zehn Aufgaben

Wichtige Protagonisten und Wunderhilfsmittel

Die Flöte **„ISI“** verzaubert und beruhigt.

Das Messer **„KNIK“** ist so scharf, es schneidet sogar Stahl.

Der Bogen **„BAMBU“** und seine zielsicheren Pfeile **„SABU“**.

Das Schlangengewand **„SNIK“** hat einen Kälte- und Hitzeschutz, der Besitzer ist 10-mal so schnell.

Die **„DRACHENTRÄNE“** hat eine heilende Wirkung. Man sieht in andere hinein und sie erhellt die Dunkelheit.

Das Drachenschwert **„ABUR ZAFAR"**, der Besitzer kann alle Sprachen sprechen und verstehen, der rote Drachenblutstein erkennt Gefahr, der grüne Zauber-edelstein hat Weisheit und sieht, ob alles ok ist. Die Klinge kann Drachen töten und man sieht die Aura sowie die Persönlichkeit hinter jedem Lebewesen.

Das Amulett **„TARNKRISTALL"** macht unsichtbar oder passt sich an die Umgebung an, erzeugt Schutz wie eine Glaskugel gegen Wasser, Hitze und Kälte. Es hat eine heilende Wirkung.

Der Helm **„ELBENSTAHL"** ist unzerstörbar, schützt und umgibt den Träger komplett mit einem Kraftfeld.

Das giftigste und tödlichste Gift ist das „SKORPIONGIFT".

Der gefährliche Zauberstab **„EXO"** mit seiner schwarzen Kristallkugel versteinert alles und jeden, der hineinsieht.

Die Zauberelfenfeder **„ANDROMIN SI"** ist wie ein Kompass und zeigt seinem Besitzer immer die richtige Richtung an.

Der heilende blaue Kristallstein **„KRISTALLQUELL"** rettet Leben, in Kombination mit Wasser und den heilenden Worten.

„Kristallquell mit dem „Sternenstaubheilkraut" sei so rein wie der hellste Sonnenschein".

„INI SIRITI – SO GOTT DAS WILL", die Zauberworte sind der Schlüssel zu deiner Seele.

„DIE GUTEN“

„ARRY“, der Drachenjunge, Held der Geschichte.

„DRAGONHEART“, der Feuerdrache, bester Freund von Arry.

„DOMMY“, Freund von Arry, halb Eichhörnchen, Stinktier und Marder. Er kann Zaubernüsse schleudern, die Bäume wachsen lassen und er findet alles, was er sucht.

„WIND“, Freund von Arry schwarzes Pferd, das sich in einen 3-hörnigen, großen Feuerstier verwandeln kann.

„ANDROMEDA“, die Königin der Elfen und aller Insekten.

„ANDROMINA", die Elfenprinzessin Tochter von Andromeda, sie ist die große Liebe von Arry, dem Drachenjungen.

„STIPPI", die kleine Elfe, Überbringerin von Nachrichten und schnellste Fliegerin.

„ZITRISA", Hexe und Zauberin Herrin über Wind, Windhosen und Sandstürme.

„IRIDIR KRISTALLQUELL", Hexe und Zauberin Herrin über das Wasser.

„PANKOTI", die weise Schildkröte, sieht in die Zukunft.

„OOR", König der Sitax-Krieger, mit dem Bären am Kopf.

„**RURU**“, 3 Meter großer, stärkster Sitaxkrieger, mit Hörner am Kopf.

„**ELIAS**“, der Zwergenkönig, Besitzer des größten Schatzes der Welt.

„**KÖNIG THEOLIN**“, König der Drachenritter.

„**PRINZESSIN FILIPINA**“, die Schöne.

Oase „**ISIS**“, die heile Welt der Elfen.

„DIE BÖSEN"

„EXODUS", Bösewicht, Zauberer und Hexenkönig

„URUKUKHY KRIEGER", halb Mensch, halb Hyäne, aber doppelt so groß. Sie haben Beißzähne wie Wölfe, es sind die bösen Krieger von Exodus

„SCHLANGENWURMLEGUANE", in Rüstungen mit Schwertern, sehen wie Menschen aus, sind aber doppelt so groß.

„KRÄHENFLEDERMÄUSE", haben Zehen wie Säbel und sind so groß wie Geier.

„KOMODO VARAN AGAM", grässlichste Kreatur des Grauens,

„KOMODO", Soldatenführer der Bösen Bruder von Exodus.

„UKURUK", schwarzer böser Drache, beschützt den Hexenkönig Exodus.

„TARANTULLA", Leopardenspinne

„DESSES", die gefährliche Wüste

„IRIDAN", das dunkle, große Meer

„TAKAN", der feuerspeiende Vulkan

„ATU KAKUNA LA TARA", der tödliche Geysir.

„SKORPION KRIEGER SKOB", mit seinem tödlichen giftigen Stachel

Kapitel 1

„Die Aufgabe des Jungen Arry“

„Arry bekommt von seinem Vater die geheime Karte der Drachenritter“

Es war einmal vor langer, langer Zeit, da lebte ein Junge mit Drachen, Zwergen, Rittern, Prinzessinnen, Hexen, Zauberern, wilden Kreaturen, Königen und Helden in einem Land, wo es viele Abenteuer und Geschichten gibt. Ich erzähle euch eine von „ARRY“, der mit Herz und Verstand, sowie Mut sein Bestes tat.

Dunkle Wolken zogen über das Land. Es war düster geworden und der König verlor fast seinen Verstand. Er wusste nicht, wie ihm geschah. Sein Körper, sein Geist, alles verschlechterte sich von Tag zu Tag. Er konnte seine Regierungsgeschäfte nicht mehr erfüllen.

Der König ließ im ganzen Land eine Proklamation verteilen mit der Bitte, er suche, laut seinen Heilern und Ärzten, ein Kraut, das spezielle Heilkräfte hat, um seine Kraft und seine Gesundheit wieder zurückzubringen.

Dieses spezielle Heilkraut heißt
„STERNENSTAUBHEILKRAUT“.

An einem Abend des dunkelsten Tages des Jahres kam ein Vater zu seiner Familie nach Hause. Er war bei der Wache im Königreich beschäftigt. Er erzählte seiner Frau und seinen Kindern von der Proklamation, dass der König schwer krank war. Die junge Prinzessin wurde mit den Geschäften beauftragt, war aber mit diesen nicht vertraut.

Böse Mächte waren im Spiel und es sah bald so aus, als wäre das ganze Land einer Knechtschaft des Bösen verfallen und die Menschen in Ängste, Armut und Hungersnot versunken.

Die Kinder sprachen: „Ach Vater, wie können wir ihm helfen? Erzähl uns das Geheimnis, bevor das Herz des Königs zerbricht". Es wird erzählt in alten Sagen, besonders in diesen schrecklichen Tagen, ein Ritter mit gutem Herz, so rein, findet das Kraut und bringt es heim.

10 Aufgaben muss er mit Hindernissen und Wagnissen erfüllen. 90 Tage hat er Zeit, sonst ist des Königs Leben Endlichkeit.

Da trat der Älteste der 5 Kinder hervor: „Meine lieben Eltern, ich bin nun 17 Jahre und bestelle unsere Felder, ich kümmere mich um die Tiere im Stall und betreibe allein die Mühle. Wir müssen dem König helfen. Mein Vater, mein Vater, welche Aufgaben hast du für mich? Zeig mir den Weg, hilf mir bitte dabei!"

Vater sprach: „Ja mein Sohn Arry, du bist stark geworden und dein Herz ist rein." Der Vater ging mit Tränen in den Augen in das Schlafzimmer und holte etwas aus der alten Kommode.

"Mein Sohn, dies ist eine geheime Karte. Sie ist sehr alt und von meinen Vorfahren, das Vermächtnis der alten Drachenritter.

Zur Rettung des Schicksals unseres Königreiches musst du nun gehen. Viele Prüfungen werden auf dich zukommen, du wirst es sehen."

Mutter nahm ihren Sohn ganz fest in die Arme und sprach: „Es ist soweit. Ja, es ist deine Aufgabe, nun bist du bereit. Du bist klug und dein Herz ist rein. Vergiss nicht die Geschichte vom Drachen, sowie unsere Lieder die wir zusammen gesungen haben." Arry verabschiedete sich von seinen Liebsten, drückte seine Geschwister, Vater und Mutter und alle hatten Tränen in den Augen und weinten.

Der Junge packte seine Sachen zusammen, nahm seinen Bogen „BAMBU", sein Messer „KNIK" und seine Flöte „ISI", sowie seinen Proviant von Mutter.

Nun ging es los in das Niemandsland hinein mit dem Ziel das Sternenstaubheilkraut zu finden.

Viele Ritter, junge Männer und Jünglinge, zogen zu dieser Zeit hinaus, um den König „THEOLIN" zu retten.

Auf der Proklamation stand geschrieben:

„Wer dieses Heilmittel bringt, den König und das Königreich der Drachenritter rettet, der wird zum Ritter geschlagen und Heerführer über das gesamte Reich."

Das Zuhause von Arry und seiner Familie

Kapitel 2

„Durch das giftige Schlangental und am Eisgipfel Schneestahl"

„Arry findet seinen Freund"

Zehn Aufgaben, sagte der Vater, waren zu erfüllen und auf der geheimen Karte war geschrieben,: „Gehe nach Norden und finde einen Freund, der in die Lüfte steigt, dann sind es nur noch sieben." Arry verstand die Botschaft nicht, aber er hatte Vertrauen und ging Richtung Norden.

Auf seinem Weg traf er viele Jungen und Ritter, die sagten: „Du gehst in die falsche Richtung.

Du musst nach Süden zu den Blumenfeldern, dort ist es warm und nur da kann man das besondere Heilmittel finden."

Doch Arry ließ sich nicht beirren und dachte an die Worte von Vater und Mutter.

Nach einem langen Tagesmarsch ging er in ein Tal hinein. Es war schon sehr dunkel geworden. Er machte sich Feuer und legte sich zum Schlafen hin, aß noch ein paar Kekse, den letzten Rest von seinem Proviant und sang sein Lieblingslied von Mutter, das sie ihm immer vorgesungen hatte.

„Arry singt das Lied von Mutter"

Kappo III

„Das Lied von Mutter"

G Am D
Und ich glaub an mich, so wie dich

G Am
Ich wünsche für dich und mich

Am7 C Am D
Ich sehe dich und ich frage mich

G / Am / D / G / Am / Am7 / C / D

Em E
Vielleicht, vielleicht

Am D
Werde ich meine Heimat niemals sehen

Am Am7
Vielleicht, vielleicht

C
Werde ich den Himmel sehen

D G
und für dich wie ein Held auf eine Reise gehen

Am D
Und ich denke an dich

Am D
Und ich küsse dich

G C D
Weil ich liebe dich

Der Junge war eingeschlafen. Auf einmal zischte es rundherum, zisch, zisch, zisch...

Arry sprang auf und nahm blitzschnell sein scharfes Messer Knik in die Hand. Da sah er sie. Ringsum waren Riesenschlangen mit leuchtenden Augen. Arry schrie: „Was wollt ihr von mir?"

Da kam eine der Schlangen hervor, schaute ihn an und sagte ruhig: „Wir tun dir nichts. Du hast so schön gesungen, sing bitte nochmals dieses schöne Lied für uns und wir werden es dir sehr danken."

Der Junge sah die Schlange an und glaubte ihr. Er steckte sein Messer weg, holte seine kleine Flöte Isi heraus und er begann abwechselnd zu spielen und zu singen.

„Arry singt das Lied von Mutter“

Die Schlangen tanzten mit und hatten Spaß. Sie freuten sich wie schon lange nicht, zisch, zisch, zisch ...

Mit Ende des Liedes lösten sie sich in Luft auf, bis auf eine, es war die Königin der Schlangen, sie sagte: „Wir danken dir, ich möchte dir ein Geheimnis verraten.

Gehe über den eisigen Berg Schneestahl. Dort oben findest du einen Eisgipfel und du wirst jemand Besonderen finden. Nimm dieses Schlangengewand mit. Zieh es an, wenn dir kalt ist und du wirst nicht erfrieren. Sing ihm dein Lied und der König des Feuers wird, wenn du klug bist, dein Freund."

Arry dankte und verabschiedete sich von der Schlange. Jetzt erkannte er im schwachen Licht, es war eine riesengroße Königskobra die mit ihm gesprochen hatte.

Er winkte noch und vollen Mutes rannte er durch das enge Schlangental. Am Ende angelangt, sah er den mächtigen Berg vor sich. Die Schneespitze glitzerte in der Sonne. Nun ging es los.

Mit festem Schritt stieg er hinauf, über Wurzeln, Geröll und Steine, über die scharfen Felsen und durch den Wald. Erschöpft und am Ende seiner Kräfte setzte er sich unter eine riesengroße, alte Eibe. Es war sehr kalt geworden, Schnee und Eis lagen überall. Er fror und da fiel ihm das Schlangengewand wieder ein.

Arry zog das Gewand an und auf einmal wurde es ihm am ganzen Körper warm.

Nicht nur das, auf einmal bekam er die Kraft und Energie einer Königskobra. Das Gewand glitzerte und strahlte wie tausende blaue, grüne und türkise Diamanten.

Er packte seine Sachen zusammen und los ging es über den Schnee und über das Eis. Zehnmal so schnell wie ein Mensch klettern konnte, überwand er die steilsten Hänge, die tiefsten Schluchten und die spitzesten Felsen. Auf einmal und in kürzester Zeit kam er am Gipfel an.

Was war da los? Arry war am Gipfel des eisigen Berges Schneestahl angelangt und er sah nichts – keine Höhle, keine Spur von irgendwem, nur Weiß, Weiß, Weiß – überall Schnee.

Der Himmel und der Horizont mit vielen mächtigen Gipfeln, eine wunderschöne Aussicht mit einem überwältigenden Panorama. Da erinnerte sich der Junge an die Worte der Königskobra und holte seine Flöte heraus. Er spielte das Lied von Mutter.

Arry summte das Lied von Mutter und der eisige Wind pfeift dazu.

Plötzlich wurde der Wind immer stärker und stärker, wie ein Blizzard-Schneesturm. Die Sonne verdunkelte sich und da stand er plötzlich groß und mächtig vor ihm. Ein feuerroter Drache, groß wie ein Eichenbaum und mit Augen die glühten wie Edelsteine.

Das Maul so groß wie bei einem Walfisch, mit Zähnen, wie Dolche und einem Panzer mit Schwanz, wie scharfe Felsen.

Der Junge sprang auf ihm. Es war nicht der Gipfel des Berges, sondern der Rücken dieses großen, mächtigen Wesens.

Der Drache schüttelte sich und der Schnee fiel von ihm ab.

Durch die Kraft des Schlangengewandes konnte sich der Junge gerade noch halten und der Drache sprach: „Wer bist du? Warum weckst du mich? Bist du ein Wurm? Kann ich dich fressen?"

„Nein, nein, ich bin Arry, ich habe die Aufgabe den König „THEOLIN" und das Königreich zu retten." Der Junge erzählte dem Drachen die ganze, traurige Geschichte. Überrascht über den Mut des „Schlangenjungen" sagte der Drache:

„Ich „DRAGONHEART" frage dich nur einmal, wie lautet mein Geheimnis? Sprich geschwind, sonst fresse ich dich, ich habe nämlich großen Hunger." Arry wusste es. Jetzt war es wichtig, was Mutter gesagt hatte und er sprach die Worte wie sie es ihm gelehrt hatte.

Kappo III

„Das Lied vom Drachen"

G
Drachenmann, Drachenmann
Am D
Kennst Du mein Geheimnis nicht
Am C G
Du bist dran sing ein Lied für mich

G Am
Dragonheart, Dragonheart ich vermisse dich
C D G
Dragonheart, Dragonheart ich liebe dich

1x gesprochen – 1x gezupft und geschlagen

Dem Drachen Dragonheart wurde warm ums Herz und er erinnerte sich an Vater und Mutter. Eine Träne lief über sein Gesicht hinunter.

Geschwind nahm der Junge seine Trinkflasche und fing diese Träne auf, denn auf der geheimen Karte von Vater stand geschrieben: „Nimm die Träne dieses mächtigen Wesens und du wirst die schwierigsten Aufgaben lösen können."

Der rote Drache Dragonheart beruhigte sich und sagte mit leiser Stimme: „Ich danke dir.

Du hast mein Herz berührt. Nun bist du der Drachenmann und mein Freund, für alle Zeit auf dieser Welt.

Steig auf mich herauf und halte dich fest. Wir fliegen zu den finsteren „HÖHLEN VON MOROOR". Dort werde ich dir ein Geschenk geben und es wartet dann deine nächste Aufgabe auf dich, um deinen König zu retten."

Der Junge hielt sich fest und der Drache stürzte sich im Sturzflug vom Gipfel des Berges Schneestahl.

Arry schrie: „Juh u u u u u u u u u u u u u"
und beide flogen der Sonne entgegen.

Kapitel 3

„Die finsteren Höhlen von Mooror"

„Bei Zwergenkönig Elias"

Im Sturzflug mit Höchstgeschwindigkeit flog der Drache durch die Wolken und durch eine Nebelwand. Arry konnte nichts sehen und nur seinem Freund vertrauen.

Auf einmal wurde Dragonheart langsamer und es tat sich vor beiden ein riesiger, wunderschöner Wasserfall auf.

Dragonheart sprach: „Da müssen wir hinein, wir fliegen in die Höhlen von Mooror."

Kaum gesagt, war es auch schon getan. Sie durchstießen den Wasserfall und befanden sich in einer riesengroßen Höhle. Arry erschauderte. Viele Gebeine und Skelette von Menschen und Tieren lagen umher. Ritterrüstungen, Schwerter und Helme von Kriegern. Es stank fürchterlich nach Aas und Verwesung. Der Drache sprach zu seinem Freund:

„Fürchte dich nicht. Du hast das Schlangengewand und die Träne von mir, diese leuchtet dir in der Finsternis, sie nimmt dir die Angst und hat eine heilende Wirkung.

Nun möchte ich dir für deinen Weg noch ein Geschenk machen. Du bekommst von mir das Drachenschwert mit dem Namen „ABUR ZAFAR". Ich habe es hier in der Höhle versteckt."

Dragonheart rollte einen großen Felsen zur Seite. Da lag es und leuchtete. „Nimm dieses Schwert. Es ist von einem großen Krieger und war der Beschützer der Drachenwelt. Es hat die Macht, den stärksten Drachen zu töten. Du hast darauf die Inschrift der Drachenkönige und du kannst alle Sprachen sprechen und verstehen. Es sind zwei Drachenedelsteine darauf. Ein roter; dieser leuchtet bei Gefahr und ein grüner Drachenedelstein, er ist für die Weisheit und Güte."

Arry nahm das Schwert und hielt es in die Höhe. Er verspürte die Kraft und Energie. Beide verschmolzen in einem gewaltigen Lichtkegel.

Dragonheart sprach: „Abur Zafar ist nun dein. Die nächste Aufgabe steht bevor, suche den Zwergenkönig „ELIAS". Er ist sehr freundlich, aber auch sehr raffiniert. Pass auf, sei achtsam und klug. Gehe nun los. Ich kann dich nicht durch die engen, dunklen Gänge und Höhlen von Mooror begleiten. Wir treffen uns wieder, am wilden Fluss von „NADOON"."

Der Junge verabschiedete sich von Dragonheart und drückte ihn fest. „Bis bald mein Freund, ich werde den Zwergenkönig Elias finden."

Er schlüpfte durch die engsten Spalten. Mit dem Schlangengewand ging das leicht. Es wurde immer dunkler, desto tiefer er in die Höhle vordrang. Man konnte die eigene Hand nicht mehr vor dem Gesicht sehen.

Der Boden schien sich zu bewegen und es hörte sich an wie das große Krabbeln.

Arry hatte sich verirrt und er konnte sich kaum noch bewegen. Mit letzter Kraft kam er noch zu seiner Trinkflasche, die mit der Träne von Dragonheart gefüllt war.

Er nahm einen Schluck und plötzlich, siehe da, der Junge begann zu leuchten. Rundherum waren Käfer, kleine Spinnen, Skorpione, Tausendfüßler und viele Insekten. Sie hatten schon am Schlangengewand geknabbert, aber durch das Leuchten, so hell wie die Sonne, krabbelten die Tiere davon, zurück in ihre kleinen Ritzen, Höhlen und Spalten.

Der Junge sah wieder den Weg und einige Schritte voraus, den Eingang zu einer neuen Höhle.

Arry ging langsam voran, wieder lagen verteilt Skelette, Knochen und Schwerter herum.

Was war da? Was war dahinter? Es stank fürchterlich und überall waren Spinnweben. Arry hielt sich mit einer Hand die Nase zu. Mit der anderen streifte er die Spinnweben zur Seite.

Da hörte er auf einmal – s s s s s s s s s sch sch sch s s s k k k k k k k k k k k ...

Langsam, Schritt um Schritt, ging er auf die Höhle zu. Behutsam und leise zog er sein Drachenschwert Abur Zafar aus der Scheide.

Der rote Drachenblutstein begann zu leuchten. Die Spannung steigerte sich immer mehr und man spürte die böse Energie. Er wusste, jetzt ist höchste Gefahr. Es war in der Nähe.

Arry drehte sich in alle Richtungen und leuchtete mit seinem Gewand alles rundherum aus. Doch plötzlich kam ein Kreischen und Schreien auf ihn zu

s s s s s s s s s sch sch sch s s s s s s s k k k k k k k k k k k k k k k

Arry drehte sich in die Richtung, aus der die Geräusche kamen. Vor lauter Schreck wich er einen Schritt zurück und stürzte auf den Rücken zu Boden.

Eine riesengroße giftige Leoparden-Killerspinne, in der Größe wie er selbst, stürzte sich auf ihn, ein erbitterter Kampf entbrannte.

Ein Schrei

K k k k k k k k k k k k .....i i i i i i i i i i i

Und der Schrei verstummte in der Höhle.

Man hörte nur mehr den Atem. Der Junge hatte überlebt. Er lag am Rücken, die Spinne auf ihm und gelbe, stinkend-schleimige Flüssigkeit überströmte seinen Körper und sein Gesicht.

Das Drachenschwert hatte den Panzer bis in das Herz der Spinne durchstochen. Aber der Junge war geschützt.

Er hatte das Schlangengewand an und die Träne von Dragonheart getrunken.

Arry sprang auf und stieß die Spinne von sich weg. Die gelbe Flüssigkeit war überall und rann von seinem Körper herunter. Er hielt sein Drachenschwert in die Höhe und ließ einen lauten Schrei los.

„Ja, ja, ja Dragonheart, ich habe es geschafft, ich liebe dich."

Arry nahm seine Sachen, durchschritt die Spinnenhöhle und auf einmal öffnete sich vor seinen Augen eine neue Höhle.

Ein riesiger, wunderschöner, türkisblauer Raum mit einem See und einem Wasserfall, Bäume und Pflanzen waren zu sehen. Überall leuchtende Edelsteine, Gold, Silber, Schmuck, Goldketten und Goldkelche. Es sah aus wie in einem Traumland.

Der Junge war so beeindruckt von diesem überwältigenden Platz, mit diesen vielen wunderschönen Farben, dass er sich setzte und die Stille genoss.

Er zog sich aus und sprang nackt in das glitzernde türkisblaue Wasser. Es war herrlich rein und klar.

Vögel zwitscherten und Schmetterlinge flatterten umher, Blumen und Bäume mit Früchten überall, in Hülle und Fülle, ein wahres Paradies.

Arry aß Früchte, genoss die Schönheit, die friedvolle Ruhe und das sanfte Plätschern des Wasserfalls. Er wurde wehmütig und dachte an seine Familie und den König.

Arry zog seine Flöte heraus und begann das Lieblingslied von Mutter und Dragonheart abwechselnd zu spielen und zu singen.

Kappo III

„Das Lied von Mutter"

G Am D
Und ich glaub an mich, so wie dich

G Am
Ich wünsche für dich und mich

Am7 C Am D
Ich sehe dich und ich frage mich

G / Am / D / G / Am / Am7 / C / D

Em E
Vielleicht, vielleicht

Am D
Werde ich meine Heimat niemals sehen

Am Am7
Vielleicht, vielleicht

C
werde ich den Himmel sehen

D G
und für dich wie ein Held auf eine Reise gehen

Am D
Und ich denke an dich

Am D
Und ich küsse dich

G C D
weil ich liebe dich

Kappo III

„Das Lied vom Drachen"

G
Drachenmann, Drachenmann

Am D
Kennst Du mein Geheimnis nicht

Am C G
Du bist dran sing ein Lied für mich

G Am
Dragonheart, Dragonheart ich vermisse dich

C D G
Dragonheart, Dragonheart ich liebe dich

1x gesprochen – 1x gezupft und geschlagen

Als der Junge fertig war mit seinem Lied, hörte er auf einmal von weiter Ferne eine armselige Stimme:

"Hilf mir! Hilf mir! a a a a a hhhhhhhh"

Arry schritt langsam auf die Geräusche zu. Auf einmal sah er es, ein Haufen Elend, eingesperrt in einem Käfig aus härtestem Edelstahl, geschmiedet von den Zwergen, ein Gefängnis auf alle Zeit.

Da lag er, ein Zwerg mit einem langen grauen Bart. Neben ihm ein kleines Tier, das ein wenig aussah wie, Eichhörnchen, Stinktier und Marder in einer Gestalt.

„Was ist los mit euch? Wer seid ihr? Kann ich euch helfen?", fragte Arry. Da sprach der Zwerg: „Ich bin Elias, der Zwergenkönig.

Die Spinne „TARANTULLA“ hat mich überfallen und wollte meinen Schatz stehlen und mich töten. Meine Zwergenfreunde hat sie getötet und aufgefressen. Ich wäre jetzt der nächste gewesen.“

„Und wer bist du, kleines, süßes Wuscheltier?“ fragte Arry. „Ich bin „DOMMY“ und musste für die Spinne arbeiten, ich fand alles, was sie wollte und jetzt will sie mich fressen.“

Arry sprach: „Die Spinne ist tot. Ich habe sie getötet. Mein Name ist Arry, ich bin der Drachenjunge und suche nach dem Sternenstaubheilkraut, um meinen König Theolin zu retten. Wisst ihr, wo ich es finde?“

Dommy sagte: „Bitte befreie mich und ich werde dir helfen das Sternenstaubheilkraut zu finden, denn ich finde alles."

Elias sprach: „Ich gebe dir eine Schatztruhe voll Gold und Edelsteinen."

Arry nahm sein Schwert und wollte gerade das Schloss durchschlagen und aufbrechen, doch plötzlich leuchtete der rote Zauberedelstein von

„ABUR ZAFAR".

Er hielt still und eine innere Stimme des Drachenschwertes sagte zu ihm: „Nein, das ist eine Finte vom Zwergenkönig."

Arry senkte sein Schwert und sprach zum Zwergenkönig:

„Gold und Silber helfen mir nicht, meinen Auftrag zu erfüllen.

Gib mir etwas aus deinem wunderschönen Königreich, das wertvoller ist als alle irdischen Dinge."

Der Zwerg reichte durch die engen Gitterstäbe dem Jungen die Hand und dieser erwiderte den Handschlag.

Der rote Zauber-Edelstein hörte auf zu leuchten. Arry hob sein Schwert und schlug mit einem Hieb das Schloss auf. Er öffnete die Türe des Gefängnisses. „Ihr seid nun beide frei."

Beide Gefangenen traten heraus und fielen Arry überrascht um den Hals. „Danke, danke! Du hast uns befreit und uns das Leben gerettet."

Das Eichhörnchen Dommy sprang auf die Schultern des Jungen und leckte ihm seine Wange und sprach: „Ich helfe dir."

Der Zwergenkönig ging einige Schritte zu einer Truhe und öffnete sie.

Diese sah leer aus, aber er griff hinein und holte etwas heraus.

„So mein Freund, ich bin dir sehr dankbar, dass du mich von dieser Knechtschaft befreit hast und mir mein Königreich zurückgegeben hast. Dafür gebe ich dir das Wertvollste, das ich besitze. Es ist nicht von dieser Welt. Es ist ein unsichtbares Amulett mit dem Namen

„TARNKRISTALL".

Es kann niemand sehen und benützen, außer sein Gebieter. Komm her, ich lege es dir um deinen Hals und nur du kannst es sehen." Der Zwerg legte es dem Jungen an und sprach die geheimen Zwergen Worte:

„Tarnkristall, Tarnkristall, nun sei es dein, Arry du bist der Herr über Tarnkristall, du bist rein."

Plötzlich wurde Arry und alles an ihm unsichtbar. Überrascht von dieser Macht, dachte Arry: „Ich möchte wieder sichtbar sein und er wurde dies sofort."

Der Zwergenkönig sagte: „Ich wünsche dir eine gute Reise. Setze diese Macht klug ein, denn sie ist nur für Gutes möglich."

Arry dankte und verabschiedete sich auch. Er lief mit seinem neu gewonnenen Freund Dommy dem Höhlenausgang entgegen.

„J u h u u u u u u u u u u u u u u u u u u, wir haben es geschafft."

Kapitel 4

„Am wilden Fluss Nadoon“

„Dragonheart und Dommy retten Arry das Leben“

Arry und Dommy hüpften und sprangen vor Übermut. Plötzlich standen sie am Ende des Ausgangs, an einem Abgrund. Was sahen sie? Nichts, nichts, nichts. Unter ihnen nur Nebel und das tosende Rauschen des Wassers. Der Junge schaute nach unten. Sie standen auf einem Felsvorsprung. 20 Meter unter ihnen musste der reißende, wilde Fluss „NADOON“ sein.

Arry nahm einen Stein und schmiss ihn in das Nebelmeer hinein. Er zählte 21, 22, 23, 24, 25 und platsch.

„Das sind mehr als 20 Meter, wir müssen da runter.", sagte Arry. Dommy sprach leise: „Da sind böse Tiere, Piranhas, Krokodile und sicher noch vieles mehr."

Arry nickte, Dommy schluckte und kroch verängstigt in die Tasche seines Freunds. Arry holte tief Luft, dachte an seine Aufgabe, den König zu retten, nahm seinen ganzen Mut und sprang. Er schrie während des Fallens: „A a a a a a ah ah."

Tusch, wie ein riesengroßer Stein schlug er auf das Wasser auf und tauchte hinein. Es tönte: „Gurgl, gurgl, gurgl."

Der Junge tauchte auf und holte Luft. Da sah er den wilden Fluss, ins Wasser springende Krokodile, wilde Stromschnellen, scharfe Felsen und hörte tosend-laute Geräusche der wilden Stromschnellen.

Arry schwamm um sein Leben. Plötzlich packte ihn eine Aalschlange am Fuß und schleuderte ihn gegen einen Felsen. Arrys Arm riss auf und er blutete. Nun zog die Schlange ihn unter das Wasser. Immer wieder wurde er in die Tiefe gerissen. Arry bekam keine Luft mehr. Mit letzter Kraft nahm er sein Messer und schnitt das schlangenartige Tier von seinem Fuß.

Sofort tauchte er wieder an die Wasseroberfläche und atmete tief ein.

Plötzlich tauchte das nächste Tier auf, ein Krokodil. Ein Kampf um Leben und Tod begann. Keines seiner Hilfsmittel konnte ihm helfen, nur sein Messer „KNIK". Er schnitt dem Krokodil seinen Bauch auf. Auf einmal tauchte vor ihm der große Wasserfall auf. 100 Meter ging es im freien Fall nach unten.

Arry fiel und wurde bewusstlos. War er noch am Leben?

Einige Zeit später... Der Junge lag an einem ruhigen Flussufer. Plötzlich bewegte sich seine Tasche und ein kleines Auge sah heraus.

Es war Dommy. Er hatte überlebt und kroch heraus. Benommen und komplett irritiert sah er seinen Freund Arry am Ufer liegen.

Er zog an ihm und rüttelte seinen Freund: „Arry, steh auf!“, aber der bewegte sich nicht. Er war tot.

Das kleine pelzartige Eichhörnchen stand auf und sah plötzlich tausende Giftstachelmücken auf sich zukommen.

Der kleine Freund nahm die Kieselsteine in die Hand und schoss einen nach dem anderen ab.

Ein großer Schwarm mit Millionen von Giftstachelmücken blieb jedoch vor ihnen stehen.

Der Anführer schrie: „Stacheln bereit machen zum Angriff.“ Alle streckten ihren Stachel heraus.

Der Anführer schrie: „Zum Angriff, wir töten sie."

In diesem Augenblick wurde es sehr dunkel über dem ganzen Tal. Wie ein Blitz, kam ein Feuerstrahl mit tausenden Graden auf die Giftstachelmücken zu und verbrannte diese. Nur mehr Asche fiel zu Boden.

Plötzlich war er da, sein Freund und – wie versprochen – genau zur richtigen Zeit. Es war Dragonheart, der rote Drache.

Dieser sah den Jungen am Boden liegen und sagte zu Dommy: „Du bist sehr mutig, gib unserem Freund einen Schluck aus seiner Trinkflasche, die Drachenträne wird ihm helfen."

Dommy nahm die Trinkflasche und ließ einen Schluck in des Jungen Mund fließen und sogleich passierte es.

Arry fing an zu leuchten, seine Verletzungen heilten langsam.

Er begann zu husten und Wasser spritzte aus seinem Mund. Der Junge setzte sich auf und fragte: „Wo bin ich?"

Er sah Dommy und Dragonheart an. Er umarmte beide und sagte: „Danke, ihr habt mir mein Leben gerettet, ich bin so froh, dass ihr meine Freunde seid.

Nun kann meine Aufgabe weitergehen und wir können gemeinsam zum nächsten Abenteuer reisen."

Arry holte seine geheime Karte heraus. Dragonheart machte Feuer und Dommy sammelte Nüsse zum Essen.

Dann nahmen sie die restlichen Giftstachelmücken, rösteten diese gemeinsam mit den Nüssen über dem Feuer und aßen sie.

„Lecker m m m m m m m m m m m m……", nun sangen sie gemeinsam ein Lied.

„Das Lied der Giftstachelmücken"

Em D
Der König wird sterben siehst Du es nicht
Em D
Das Gift der Zerstörung,
Em
sein Körper mit ihm spricht

D Em
Na Na Na Na Na Na Na Na
D Em
Na Na Na Na Na Na Na Na

D Am
Glaube an dich, weil es ist dein Weg
Am7 D
Nicht mehr lange, es ist schon spät

Am D
Und ich denke an dich
Am D
Und ich küsse dich
G C D
Weil ich liebe dich

1x gesprochen – 1x gezupft und geschlagen

Nachdem die drei Freunde gesungen hatten, schliefen sie ein.

Am nächsten Morgen waren die drei ausgeruht und die ersten Sonnenstrahlen blinzelten Arry ins Gesicht. Sie standen auf und streckten ihre Arme in die Höhe.

Arry sagte: „So meine Freunde, auf meiner geheimen Karte steht geschrieben: „Suche die weiße Elfenfeder, diese wird dir immer die richtige Richtung zeigen"."

Irritiert sagte er noch zu seinen Freunden: „Wo finde ich diese Elfenfeder?"

Dragonheart sagte: „Ich weiß es nicht, ich habe davon noch nie gehört."

Da kam der kleine Wuschel Dommy hervor und sprach: „Ich habe gehört, wie die Spinne Tarantulla mit dem Zwergenkönig Elias gesprochen hat.

Diese wollte das Sternenstaubheilkraut. Der Zwerg lachte und sagte damals: „Da musst du als erstes beim dreihörnigen Stier „TAURUSUS" vorbei, um die Elfenprinzessin „ANDROMINA" zu befreien. Das ist unmöglich, weil sie im Vulkan „TAKAN" gefangen ist.

Noch dazu befinden sich dort auch die rauchenden Geysire und die Quellen des Todes. Es hat noch nie jemand überlebt und ist je von diesem schrecklichen Ort zurückgekehrt."

Arry sprang auf und sagte mit lauter Stimme: „Wir schaffen das gemeinsam. Wir haben schon so viel erreicht."

Er streckte seine Hand mit Abur Zafar in die Höhe: „Kommt, wir fliegen gemeinsam zum Vulkan Takan. Dragonheart bist du bereit?"

Er antwortete: „Ja, aber wir müssen dazwischen eine Pause einlegen. Es ist sehr weit entfernt. Wir werden einen ganzen Tag lang brauchen, um dorthin zu gelangen."

Dommy schlüpfte in die Tasche, Arry sprang auf den Rücken des roten Drachen und los ging es zum nächsten Abenteuer, zur Befreiung der Prinzessin Andromina.

Kapitel 5 und 6

„Beim heißen Vulkan Takan"

„Die giftigen, engen Rauchquellen von Geysir"

„Der dreihörnige Stier Taurusus und die Befreiung der Prinzessin Andromina"

Dragonheart schwang seine großen kräftigen Flügel, stieg in den Himmel hinauf und sagte:

„Haltet euch fest. Wir müssen Richtung Nordstern Sirius fliegen, dann werden wir vor dem Vulkan Takan, in der „OASE ISIS" einen Halt machen."

1000 Meter unter ihnen sah man viele Büffeltiere und Menschen, die auf Feldern arbeiteten. Auch Städte, Schlösser und Burgen mit hohen Türmen überflogen sie.

Nach einiger Zeit sahen sie nur mehr Wasser, Wasser, Wasser. Das große Meer von „IRIDAN". Die drei hatten das weite Meer überquert und es begann die trockene Wüste „DESSES".

Plötzlich, nach der letzten Wolke, sahen sie von Weitem den lavaspuckenden Vulkan Takan und die rauchenden Quellen und Geysire rundherum.

Dragonheart sprach: „Seht ihr den kleinen Punkt dort vor dem Vulkan? Da müssen wir hin. Es ist der geheime Ort bei der Oase, da bekommen wir frisches Wasser und wir können uns ausruhen."

Der Drache begann im Sinkflug darauf zuzusteuern.

Als sie näherkamen, sahen sie diesen wunderschönen, grünen Fleck in der Wüste. Dragonheart landete und Arry stieg ab. Dommy sprang aus der Tasche und kletterte sofort auf eine Palme.

Ein toller Ort, um zu rasten. Vögel zwitscherten, Datteln gab es in Hülle und Fülle, einen kleinen See mit Fischen die umhersprangen, sowie bunte Schmetterlinge und herrliche Blumen. Ein himmlischer Ort, um hier zu leben.

Dragonheart sprach: „Wir haben nicht mehr lange, bis die Sonne unter geht. Dann müssen wir oben am Vulkan sein. Du hast dann einige Zeit, bis er Lava ausspeit. Ich werde dich dann an den Rand des Grates bringen und von dort musst du allein hinuntersteigen.

Der dreihörnige Stier Taurusus bewacht den Vulkan. Es hat in der Luft da unten durch die Lava 1000 Grad und mehr. Nur mit deinem Schlangengewand hältst du das aus. Dommy muss hierbleiben. Er würde sofort verbrennen.

Du hast eine Nacht und einen Tag Zeit, dann spuckt der Vulkan wieder sein Feuer."

Arry, Dommy und Dragonheart sangen gemeinsam zum Abschied noch das Drachenlied zum Aufmuntern. Dann ging es los.

Der rote Drache, der fast wie die Lava aussah, flog Arry an den Rand des Vulkans. Immer wieder grollte es fürchterlich und giftige Rauchwolken stiegen aus den Felsspalten auf.

„Nun mein Freund, steige hinunter in die Tiefen des wilden Vulkanes Takan. Fürchte dich nicht! Du hast deine Zauberhilfsmittel, die du auch gebrauchen solltest."

Arry hob traurig zum Abschied seine Hand: „Bis bald mein Freund. Wir sehen uns wieder in der Oase Isis."

Arry zog sein Schlangengewand „SNIK" an und kontrollierte nochmals alle seine Sachen:

Sein Messer „KNIK", seinen Bogen „BAMBU" mit seinen selbstgemachten Pfeilen „SABU", die Drachenträne von „DRAGONHEART", sein Drachenschwert „ABUR ZAFAR", das Amulett „TARNKRISTALL" vom Zwergenkönig, die Flöte „ISI" von seiner Familie und die geheime Karte seines Vaters.

Es braucht jetzt allen Mut im Kampf gegen den dreihörnigen Stier Taurusus.

Arry stieg hinunter. Er war ein sehr guter Kletterer. Er konnte auf Ästen mit einer Hand hängen und lachte sogar dabei.

Zusätzlich gab ihm das Schlangengewand die 10-fache Stärke und Geschwindigkeit.

Es wurde immer finsterer und die Hitze stieg und stieg. Arry konnte fast nicht mehr atmen. Es grollte und wieder stieg Rauch auf. Er bewegte sich nach vorne und plötzlich sah er ein rotes Licht.

Schritt für Schritt kletterte Arry über die schroffen und messerscharfen Felsen weiter nach unten. Wie ein affenartiges Schlangenwesen hantelte er sich nach unten. Nun war er fast angelangt.

Er sah einen roten Fluss unter sich. Das war Lava vom Mittelpunkt der Erde, tausende Grade, so heiß wie die Sonne.

Arry schaute sich um, hängend auf seinen Händen. Da sah er eine Stelle wie eine Brücke aus Stein über den Fluss. Dort musste er hin. Der Junge kletterte oberhalb dieser Stelle hin und wollte schon zum Sprung ansetzen. Auf einmal hörte er wieder ein starkes Grollen wie Donner. War es ein Erdbeben? Spuckte der Vulkan seine Lava?

Nein, da kam ein großes feuerrotes Wesen und rannte den Gang entlang über die Brücke.

Es brüllte und Feuer loderte aus allen Körperteilen.

„BRRRRuuuHHH"

Die pure Kraft und Energie des Feuers. Da stand er und brüllte.

„BRRRRuuuHHH"

Es war der dreihörnige Stier Taurusus. Wieder rannte er durch die Gänge des Vulkans und brüllte. Arry schauderte und bekam Angst.

Er wusste nicht, was er tun sollte. Er bekam fast keine Luft und zitterte. Was konnte er tun?

Nach einiger Zeit wurde das Grollen weniger. Der Stier war in den tiefen Höhlen verschwunden.

Arry beruhigte sich, atmete ruhig und dachte nach, was Dragonheart gesagt hatte: „Vergiss nicht deine Zauberhilfsmittel!"

Ja, das war es. Vielleicht ist hier der Tarnkristall hilfreich. Arry rieb an seinem Amulett und dachte: „Mach mich unsichtbar!" Das Amulett begann zu leuchten und plötzlich war er unsichtbar. Er musste lachen, schaute er doch aus wie ein Stein. Nichts konnte man an ihm sehen.

Nun begannen wieder das Grollen und das Donnern. Der Stier kam wieder. Arry nahm wieder allen Mut zusammen. Er musste auf den Rücken des roten Stieres springen, um zu erforschen, was es hier alles gab.

Da kam der Stier gerannt und brüllte: „B R R R R u u u H H H." Arry ließ sich in diesem Moment genau auf den Rücken des Stieres fallen. Er hielt sich mit der Kraft des Schlangengewandes fest und der Stier sauste die vielen Gänge des Vulkans entlang.

Plötzlich – wie aus dem Nichts – stoppte der Stier vor einer blauen glitzernden Wand.

Ruhig schnaubte er. Kein Feuer kam mehr aus ihm, als ob diese Wand beruhigend auf ihn einwirkte. Es schaute so aus, als würde der Stier in eine Trance fallen. Vor dieser Wand wuchsen wunderschöne Blumen. Diese dufteten nach Rosen, Nelken, Lavendel und vielem mehr – ein wunderbarer Geruch.

Plötzlich hörte er eine Stimme im Hintergrund.

„Lass mich raus, ich bin nicht dein, der Hexer „EXODUS" hat dich verzaubert, dein Herz ist ein Feuerstein."

Der Stier schüttelte den Kopf und Arry stürzte zu Boden. Der Stier bemerkte es nicht. Seine 3 Hörner begannen zu leuchten und Feuer kam wieder überall heraus.

Taurusus brüllte und rannte los:

„B R R R R u u u H H H."

Arry stand auf und klopfte sich den Staub von seinem Schlangengewand. Hier an dieser blauen Mauer war es angenehm.

Die Temperatur und die Luft waren sauber und erträglich.

Arry war noch unsichtbar und streckte vorsichtig seine Hand durch die blaue magische Wand. Plötzlich machte es einen Ruck und er wurde durchgezogen. Auf der anderen Seite war er sichtbar, lag auf dem Rücken und auf seinem Bauch saß ein unbekanntes Wesen.

Arry blickte in die Augen dieses Wesens und dieses schaute in die Augen von Arry. Das Wesen hielt einen Stein in der Hand und zielte auf ihn. Beide sahen sich an und erstarrten in ihren Blicken. Doch plötzlich kam der Kämpfer in ihm hoch und er zog sein Messer. Er saß auf dem Wesen oben und hielt Knik in der Hand. „Wer bist du?", fragte Arry mit fester Stimme.

Aber er sah, dass sie keine Gefahr für ihn war.

„Ich bin Andromina, die Elfenprinzessin". Sie schubste ihn runter und fragte: „Wer bist Du?". Mit etwas verschreckter Stimme sagte er: „Ich bin Arry, der Drachenjunge." Beide sahen sich an und waren sprachlos.

Die Prinzessin drehte sich weg von ihm, legte sich auf den Boden und begann zu weinen. Der Junge ging zu ihr hin und sagte mit sanfter Stimme.

„Was ist geschehen? Wie kann ich dir helfen?"

„Siehst du es nicht? Ich werde vom roten Stier gefangen gehalten und ich bin ein Mensch geworden.

Meine Flügel hat er mit seinen Hörnern runter gestoßen." Das Mädchen begann wieder zu weinen.

Arry nahm ein Stück von seinem Gewand und gab es ihr zum Trocknen ihrer Tränen.

„Ich werde dich jetzt ein wenig aufmuntern.

Ich erzähle dir meine Geschichte, warum ich hier bin und singe für dich ein Lied." Arry nahm seine Flöte spielte und sang.

„Das Lied von Mutter"

Das Mädchen schaute mit ihren schönen, großen, blauen Augen den Jungen an und begann leicht zu lächeln. Als Arry fertig war, beugte sich Andromina vor und gab dem Jungen einen Kuss auf die Wange und sagte: „Du bist mein Held, mein Retter, der mich nach Hause bringen wird."

Arrys Kopf wurde rot, es kribbelte in seinem Bauch und er sagte:

„Ich habe eine Idee, ich denke dich retten zu können, vertraue mir, Zauberheilkräfte werden uns helfen."

Andromina nickte und der Junge holte seine Trinkflasche mit der Träne von Dragonheart: „Trink diesen letzten Schluck. Dieser Trank wird dich heilen und dir deine Flügel wieder wachsen lassen."

Andromina schaute Arry an und sagte: „Ich vertraue dir." Sie nahm diesen letzten Schluck aus der Flasche. Plötzlich erhellte sich der ganze Raum. Das Mädchen kniete sich vor Schmerz nieder. Aus ihrem Rücken kamen zwei Drachenstacheln heraus. Vor lauter Schmerzen schrie sie und Blut spritzte aus ihrem Rücken...

„H i l f e", Arry nahm ihre Hand und legte intuitiv sein Zauberamulett Tarnkristall auf ihren Rücken.

Das Amulett verwandelte die Drachenstacheln in wunderschöne riesengroße Elfenflügel, die glänzten – wie Millionen von Kristallen.

Groß und mächtig, wie ein wunderschöner Schmetterling, stand Andromina vor ihrem Retter da.

Arry kniete nieder und war überwältigt von ihrer strahlenden Schönheit.

Doch auf einmal ein Grollen und Donnern. Die blaue Wand löste sich auf, als die Prinzessin ihre Flügel zurückbekam. Da stand er auch schon da, der rote Feuerstier Taurusus.

Arry nahm die Prinzessin an der Hand und schrie: „Komm, lauf."

Beide rannten auf den Ausgang zu, Richtung Licht. Plötzlich stoppte Andromina: „Wir können hier nicht raus!"

Dort draußen sind die giftigen Geysire und Gasquellen von Geysir. Da stirbt jedes Lebewesen."

„Komm", schrie Arry und beide rannten zum Ausgang, der Stier hinterher.

Dort angelangt, sahen und rochen sie es. Giftige Dämpfe und Gase, Fontänen von Geysiren schossen in die Höhe.

Arry sprach: „Du hast jetzt Flügel. Flieg in den Himmel und dann zur Oase Isis. Dort wartet Dragonheart mein Freund, nur er kann mich noch retten."

Andromina drückte Arry zu sich, küsste ihn auf den Mund und sagte: „Ich hole Dragonheart."

Nun stand Arry allein da. Vor ihm der dreihörnige, schnaubende Stier mit dem Feuer am ganzen Körper. Hinter ihm die giftigen Quellen und Geysire.

Doch da, plötzlich begann sein Drachenschwert Abur Zafar zu leuchten. Er zog es langsam aus der Scheide, streckte es in die Höhe und schrie den roten, dreihörnigen Stier an:

„Willst du kämpfen, so sei es, ich habe Abur Zafar das Drachenschwert." Der Stier neigte seinen Kopf zum Angriff und rannte auf den Jungen zu.

Arry ging in Kampfstellung und rannte ebenfalls auf ihn zu. Der Junge machte vor ihm einen Salto mit Drehung und Überschlag in der Luft, schlug während des Fluges in der Luft mit voller Kraft das mächtige Einhorn des Stieres ab. Der Stier ging zu Boden, spürte den Schmerz und brüllte laut auf.

„Uuuhhhhhhhhhhhhhhhh"

Arry nahm das abgetrennte Horn und sprach: „Gib auf! Beim nächsten Hieb töte ich dich und steche dir in dein Herz."

Der Stier kniete vor Arry. Was war passiert? Die beiden anderen Hörner des Stieres hörten auf zu leuchten und das Feuer aus den Nüstern sowie am ganzen Körper hörte auf zu brennen.

Der Fluch war für kurze Zeit ausgesetzt.

„Was ist mit dir?", sprach Arry ruhig. „Warum bist du böse zur Prinzessin und mir?"

Der Stier sprach: „Mich hat der Hexer Exodus verzaubert und den König vergiftet."

„Er zieht überall seine Fäden und will Herrscher über das ganze Königreich werden. Hilf mir und ich helfe dir."

„Gut, ich helfe dir. Was muss ich tun, um dich und uns zu retten?"

„Setz mir wieder das Horn auf und spring auf mich hinauf. Ich werde mit dir die giftigen Quellen und Geysire durchqueren. Wenn ich es geschafft habe, bitte ich dich, mir alle drei Hörner abzuschlagen und spätestens mit dem letzten Sonnenstrahl einen Feuerpfeil mit angezündeten Hornspänen über den Himmel in den Vulkan zu schießen."

Der Junge sagte: „Ja, das mache ich." Er sprang auf den Stier und steckte das Einhorn wieder auf.

Die Magie begann zu wirken und die drei Hörner begannen wieder zu leuchten. Feuer quoll wieder aus den Nüstern, der Stier brüllte und rannte los. Arry kauerte sich zusammen und versuchte, die giftigen Dämpfe nicht einzuatmen.

Taurusus rannte und rannte. Plötzlich tauchte ein großer Geysir auf.

Er spritzte Gift auf die beiden. Die Haut des Stieres quoll auf. Arrys Schlangenhaut begann zu brennen und zu rauchen und der nächste Geysir spritzte wieder das heiße Gift in die Lüfte. Blut schoss vom Stier heraus aber er rannte und kämpfte. „Da vorne kommt der letzte, große Geysir.

„ATU KAKUNA LA TARA" der Tödliche."

Ich werde über den Geysir springen. Genau darauf springst du mit deinem Überschlagsprung von mir. Wir werden beide brennen und die giftige Säure wird unsere Haut aufreißen.

Dann rollst du dich in die am Ende liegende Wasserquelle hinein und sie wird deine Schmerzen kühlen und lindern.

Der Geysir spritze Giftsäure und der Stier sprang darüber. Das Gift der Quellen spritzte und riss den Körper des roten Stieres auf. Die Knochen glühten und die Haut brannte. Der Stier hatte es geschafft und sprang über den großen Geysir. Er kam vor der Wasserquelle zu liegen.

Arry hüpfte hoch und brannte am ganzen Körper wie eine Fackel, er sprang in das Wasser hinein. Die Quelle löschte das Feuer und der Junge tauchte auf. Erschöpft und stark verletzt kroch er zu dem Stier hin. Dieser öffnete seine Augen und schnaubte erschöpft.

„Arry ich habe meine Aufgabe erfüllt. Nun bist du dran. Halte dein Versprechen. Befreie meine Seele von meinem Fluch."

Der Junge stand auf und zog sein Schwert Abur Zafar.

Er hob sein Schwert, schaute Taurusus in die Augen und schlug alle 3 Hörner mit einem Schlag vom Kopf ab.

Plötzlich trat eine Verwandlung ein und der Körper des Stieres verwandelte sich in einen alten Mann mit grauem, langem Bart. Arry nahm den Mann bei der Hand und half ihm auf einen Stein, der in Richtung Sonnenuntergang lag. „Vergiss nicht, du musst deinen Feuerpfeil schießen, die Sonne geht unter."

Arry stellte sich neben den alten Mann und erinnerte sich an seine Aufgabe, was er tun musste.

Er gab Hornspäne auf die Pfeilspitze und zündetet diese mit Feuerstein an. Ruhig und andächtig legte er seinen Pfeil ein und spannte den Bogen.

Er zielte Richtung Himmel und Vulkan. Die Sonne ging unter und der letzte Sonnenstrahl berührte die Vulkanspitze. Arry löste den Pfeil und dieser flog und flog zielsicher in den Vulkan hinein.

Ein riesengroßer Knall war zu hören und der Vulkan begann wie prophezeit seine Lava zu speien. In diesem Moment brach Arry vor lauter Erschöpfung zusammen.

Er hatte es geschafft. Arry befreite Andromina und die Seele des Stieres wurde freigegeben. Diese flog über den Vulkan in den Himmel. Der Junge war schwer verletzt und überlebte. Aber wo war Dragonheart?

Er war nicht gekommen, um ihn zu retten. Arry wollte sich umdrehen, um dem alten Mann zu danken. Doch da stand auf einmal ein großer, schwarzer Hengst und kein alter Mann saß mehr auf diesem Stein. „Komm steig auf mich auf, mein Name ist „WIND".

Ich bringe dich in die Oase Isis."

Der Junge kletterte mit letzter Kraft auf den Rücken des Pferdes. Es galoppierte los, wie der Wind, durch die Wüste über Stock und Stein.

Arry hatte das Schlangengewand, den letzten Schluck der Drachenträne und das Amulett eingebüßt.

Aber seine große Liebe und seinen neuen Freund Wind gewonnen.

Wind sauste mit Arry am Rücken durch die dunkle Finsternis der Wüste.

12 Stunden ging es durch die Wüste. Da war es nicht mehr weit. Die Oase kam immer näher. Der Junge konnte sich nicht mehr lange auf dem Pferd halten. Nur die Mähne und die gleichmäßigen Schritte von Wind ließen ihn auf seinem Rücken bleiben.

Die Sonne ging auf, Wind blieb vor dem Wasser in der Oase stehen und wieherte laut.

Er legte sich nieder und ließ seinen Freund vom Rücken heruntergleiten. Dommy kam angerannt und sah seinen Freund an.

Er tätschelte Arry. Doch er bewegte sich nicht mehr. Bewusstlos lag er da, überall Blut, die Haut hing herunter und man sah die offenen Wunden, bis zu den Knochen hinein.

Andromina kam ebenso angerannt und nahm Arrys Arme in ihre Hände.

„Mein Liebster, was ist los?“, fragte sie. Arry atmet nicht mehr.

Andromina schrie vor Verzweiflung:

„N e i i i i i i i i i i i i i i n stirb nicht!“

Arry konnte sich nicht bewegen. War er tot oder bewusstlos?

Sie küsste ihn und sprach Zauberworte. Der Junge begann am ganzen Körper zu leuchten.

Arry fiel in einen tiefen Zauberschlaf und begann zu träumen.

Kapitel 7

Der Sumpf der toten Ritter

„Im Reich der Elfen"

Arry träumt und er hört das Lied seiner Liebsten „Andromina"

Kappo III

„Das Prinzessinnen Andromina Lied"

G Am D
Und ich glaub an dich, Drachenmann

G Am
Ich wünsche für dich und mich

Am7 C Am D
Rette mich und ich rette dich

G / Am / D / G / Am / Am7 / C / D

Em E
Bald, bald

Am D
Werde ich dich in meine Arme nehmen

Am Am7
Bald, bald

C D
Werden wir Hand in Hand einen Weg gehen

Am C D
und für dich mein Herz und meine Liebe geben

Am D
und ich denke an dich

Am D
und ich küsse dich

G C D
Weil ich liebe dich

G
Andromina, Andromina

Am D
Sag meinen Namen, nur für mich

Am C D
Wache auf ich singe ein Lied, nur für dich

G Am
Drachenmann, Drachenmann ich vermisse dich

C D G
Drachenmann, Drachenmann ich liebe dich

1x gesprochen – 1x gezupft und geschlagen

Arry lag am Boden. Prinzessin Andromina kniete neben ihrem Helden, sang das Lied und hunderte kleine Elfen sangen im Chor mit. Als das Lied zu Ende war, kam wie aus dem Nichts die Königin Mutter herbei. Sie beugte sich zu ihrer Tochter hinunter, strich ihr liebevoll über das Haar, küsste ihren Kopf und tröstete sie.

Die Königin der Elfen war da, groß und mächtig wie ein Mensch, Flügeln so groß wie bei einem Adler oder Riesen-schmetterling.

Sie befahl: „Ihr alle Elfen, nehmt den Jungen und fliegt mit ihm in die Höhle mit der Quelle des Lebens." Hunderte Elfen nahmen behutsam den Körper hoch und flogen den Jungen in die Höhle.

Sie legten ihn sanft in die heilende Quelle hinein.

Arry hatte überall tausende Giftpusteln. Die Schlangenhaut war verbrannt bis tief in sein Fleisch hinein. Sein Herz schlug nicht mehr. Königin „ANDROMEDA" und Prinzessin Andromina ließen mit ihren Händen das heilende Wasser über ihn gleiten und das Wasser begann blau zu leuchten.

Nun begann es in allen Regenbogenfarben zu schimmern. Die Königin begann die heilenden elfischen Worte zu sprechen.

„AKAGUNDA, BIREUS, ARAGANTA, ILISIUM, SENTATITIS, OREKTUM, GALANTUS, HIS GIFTUS"

Arry schwebte über der Heilquelle und auch die Prinzessin sowie alle Elfen begannen diese elfischen Zauberworte zu wiederholen.

Langsam begann Arrys Herz wieder zu schlagen und seine Lungen füllten sich mit Sauerstoff. Er atmete wieder. Starker Schüttelfrost überkam ihn und aus dem Mund schoss Gift heraus. Die Muskeln verkrampften und die Knochen verspannten sich. Der Körper glühte und fieberte.

Nun nahmen die Elfen den Körper des Jungen und legten ihn auf einen heiligen Altar. Es war ruhig geworden, Arry atmete und sein Herz schlug langsam, mit zehn Schlägen pro Minute.

„Komm!", sprach die Königin zu ihrer Tochter, „wir lassen den Jungen mit den heilenden Elfen allein. Arry braucht jetzt Ruhe und die Zeit. Er ist kräftig und wird wieder gesund."

„INI SIRITI – SO GOTT DAS WILL"

Arry lag bewusstlos auf dem heiligen Altar der Elfen und er war wie in Trance. Er träumte zutiefst hinein und seine Seele ging in die dunkle Seite des Universums über.

Da sah er, wie ein junger Krieger mit seinem Freund gegen die „URUKUKAI"-Krieger kämpfte. Diese waren halb Mensch und halb Hyänen – Wesen, die für den Kampf vom Bösen gezüchtet worden waren.

Doppelt so groß und Zähne scharf wie Dolche, alle ausgestattet mit Lanzen und Schwertern. Auf der Anhöhe saß ihr Anführer, Hexenkönig Exodus auf einem riesengroßen, schwarzen Drachen mit den Namen „UKURUK". Dieser schrie so laut, dass die Menschenkrieger vor Angst umfielen.

Der junge Krieger rannte Richtung Anhöhe, auf den Hexenkönig zu, nahm seinen Speer und schleuderte ihn. Plötzlich war alles weg.

Wie aus einer dreidimensionalen Ebene sah Arry ein riesiges blutiges Schlachtfeld. Langsam zog Nebel auf. Es entstanden rote Blutsümpfe. Rundherum lagen tote Ritter und Kämpfer mit ihren Rüstungen im Moor.

Er sah abgetrennte Gliedmaßen, schreckliche Bilder des Kampfes und Krieges.

Auf einmal sah er in der Mitte des Schlachtfeldes einen jungen Krieger. Dieser saß auf einem Felsen und sprach mit jemanden. Was war das? Arry zoomte in seiner Trance das Bild näher. Da sah er plötzlich eine kleine Schildkröte.

Der Junge sprach mit ihr, es war die Schildkröte „PANKOTI": „Du bist so weise. Was kann ich machen damit nicht ein Krieg über unser Volk hereinbricht mit vielen toten Menschen?

Der Sumpf der toten Ritter darf nicht zu einer Legende werden. Hilf mir bitte! Habe ich nicht einen Wunsch frei?"

Da sprach die kleine, weise Schildkröte: „Das liegt alles in der Zukunft.

Du kannst die Zeit mit ihren Bildern verändern. Rette das Königreich, entzaubere den Hexenkönig Exodus. Nicht allein mit Kampf wirst Du gewinnen.

Suche Verbündete, die dir helfen. Mit Klugheit, Herz, Verstand, Liebe, Glaube und Hoffnung für die Menschen wirst du alles zum Guten wenden.

Befrage die Elfenzauberfeder „SI“ und du bekommst die Antwort auf alle deine Fragen. Sie kann dir die richtige Richtung weisen.“

Die Schildkröte und das Schlachtfeld lösten sich auf. Da bemerkte Arry, dass er seinen Körper wieder spürte. Sein Herz schlug schneller und er öffnete seine Augen.

Eine kleine Elfe bohrte gerade in einem seiner Augen und heilte dieses. Hunderte andere Elfen flogen um ihn herum und kümmerten sich um seine Wunden. Mit Heilwasser, Salben und Kräutern rieben sie seinen Körper ein.

Sie brachten ihm einen Heiltrank und der Junge trank ihn auf einen Satz aus. Er konnte wieder sprechen, setzte sich auf und fragte die kleinen Elfen: „Wo bin ich? Was macht ihr mit mir? Warum bin ich nackt?" Arry hatte Fragen über Fragen. Er bekam von den Elfen eine wunderschöne neue Bekleidung.

Eine kleine junge Elfe erbarmte sich und sagte: „Du bist in der Oase Isis, das ist unser Elfenland und wir sind dabei, dich zu heilen."

„Du warst sehr schwer verletzt, aber unsere Königin und die Prinzessin sowie wir haben dich in den letzten drei Tagen geheilt."

Schnell wie ein Lauffeuer sprach es sich überall herum. „Der Junge ist aufgewacht und wieder gesund, der Junge ist aufgewacht und wieder gesund. Hurra, hurra, hurra."

Da eilte Andromina schon herbei und sie sah in die Augen von Arry. Tränen des Glücks liefen über ihre Wangen.

Arry nahm eine Hand von der Prinzessin und mit der anderen Hand streichelte er über ihr Gesicht und sprach:

„Ich lebe wieder und danke dir. Ich liebe dich. Du gehörst zu mir." Es kam die Königin Andromeda, sah dem Treiben zu und sprach: „Lasst uns ein großes Fest feiern. Andromina ist wieder gesund zurück und Arry der Drachenjunge lebt."

HURRA HURRA HURRA HURRA

Die Elfen, fleißig wie sie sind, bereiteten ein großes Fest vor. Glühwürmchen, Käfer, Schmetterlinge, sowie alle Insekten sind geladen und am Abend wird unter dem großen Sternenzelt gefeiert.

In der Zwischenzeit gingen Arry und Andromina Hand in Hand spazieren, sie saßen dann bei ihrem wunderschönen großen Teich, wo der kleine Wasserfall plätscherte.

Die Vögel zwitscherten, die Bienen summten und der Mond spiegelte sich im Wasser. Sie waren glücklich und zufrieden. Arry erzählte Andromina alles, was er noch erlebt hatte und auch sie berichtete was noch geschehen war.

Beide sahen sich glücklich in die Augen, hielten sich an den Händen und küssten sich sehr lange innig.

Es war Abend geworden und das große Fest begann. Alle Insekten waren gekommen, hatten sich festlich gekleidet und schön herausgeputzt. Die Glühwürmchen erhellten das Fest. Die Elfen hatten alles vorbereitet. Wunderschöne, kreative Tafeln mit Essen und Trinken vom Blütenhonig.

Prinzessin Andromina und Arry hatten sich ebenfalls festlich gekleidet, betraten unter tobendem Applaus die Gesellschaft aller Anwesenden.

„ANDROMINA und ARRY"

Die Königin begann die Festrede mit Begrüßungen, Danksagungen und am Ende sagte sie:

„Du junger Drachenmann bist nun wie ein Sohn für mich. Du hast meiner Tochter das Leben gerettet. Komm bitte zu mir, ich möchte dich ehren und dir ein Geschenk machen." Arry stand auf, wunderschön gekleidet stellte er sich vor die Elfen Königin Andromeda hin.

„Ich möchte dir hier ein kostbares Geschenk überreichen." Die Königin hielt es in die Höhe, so dass es alle sehen konnten. „Das ist der „HELM ELBENSTAHL", von unserem verstorbenen „KÖNIG ACHIS". Dieser Helm beschützt dich und deinen gesamten Körper.

Er ist unzerstörbar und nichts von dieser Welt kann ihn durchdringen."

Arry kniete sich nieder und die Königin setzte ihm den Helm anmutig auf. Plötzlich fühlte er, wie sein ganzer Körper mit der Macht und Energie aller Elfen durchströmt wurde. Ein mächtiges Kraftfeld umgab ihn.

Arry stand auf und leuchtete wie ein Diamant im Sonnenlicht und sprach: „Ich danke euch Königin und allen Elfen. Ihr habt mir mein Leben zurückgegeben und mich gesund gemacht. Danke für dieses besondere Geschenk. Ich verspreche und gelobe alle hier Lebenden und euer Land zu schützen gegen die irdischen und überirdischen Mächte die es gibt."

Alle Anwesenden klatschten, tanzten und hüpften. Es war ein fröhliches Lachen und Feiern.

Andromina kam und nahm ihren jungen Helden an der Hand und tanzte mit ihm, sang und sprang durch die Luft.

Sie streckte ihre Flügel aus. Arry sah sie: „Hey, die sind ja unsichtbar.“ „Ja dank deinem Amulett. Nur du kannst sie sehen.“ Andromina küsste Arry, hüpfte und flog vor Freude durch die Luft.

Der nächste Morgen brach heran und die Sonne ging auf. Arry und Andromina lagen beide zusammengekuschelt am Teich.

Die ersten Sonnenstrahlen kitzelten ihre Nasen. Dommy war auch schon da und nervte ein wenig. „Aufstehen, aufstehen, ihr Langschläfer! Habt ihr vergessen, wir müssen den König retten?“

„Ach ja." Arry sprang auf, er reckte und streckte sich. „Es ist schon so viel Zeit vergangen. Wo ist Dragonheart?"

Dommy sprach: „Er musste weg. Weißt Du nicht, ein großer Kampf steht bevor. „UKURUK" der schwarze Drache, ist vom Hexenkönig „EXODUS" befreit worden und er verbreitet überall Angst und Schrecken." Arry kniete sich nieder zu seiner Liebsten. „Andromina, ich muss wieder auf eine Reise gehen und meine Aufgabe erfüllen." Andromina senkte traurig ihren Kopf und sagte: „Ja, das ist deine Bestimmung. Geh und rette den König! Aber zum Abschied möchte ich dir ein Geschenk machen." Sie nahm das Messer von Arry und schnitt sich eine weiße unsichtbare Elfenfeder heraus.

Der Junge schaute verdutzt. „Was machst Du?“ „Nimm diese Feder Si, sie wird dir immer den richtigen Weg zeigen und deine Pfeile werden unerschöpflich sein. Diese haben jetzt Elfenzauber. Ich habe sie dir, während du schliefst, mit meinen Federn neu gemacht.“

Arry und Andromina umarmten sich beide und küssten sich innig. Dommy drehte sich weg und sagte: „B ä h h h h, immer diese Küsserei“ und lachte verschmitzt.

Beide Liebenden verabschiedeten sich schweren Herzens. Dommy schlüpfte in die Tasche. Arry sprang auf seinen schwarzen Freund Wind, alle hoben zum Abschied die Hände und winkten. „Ich komme wieder.“ Arry galoppierte Richtung Wüste davon.

Kapitel 8

„Die Zauberwüste und Hexenwelt“

„Die Hexenwelt, der 1000-Seelen-Baum und das Sternenstaubheilkraut“

Viele Stunden waren die drei unterwegs. Die Wüste wurde immer heißer und heißer. Es flimmerte über der Wüste Desses. Arry stieg von seinem Pferd Wind und bückte sich hinunter. Dommy sprang aus der Tasche und der Junge holte seine geheime Karte heraus.

Er legte die Feder von Andromina darauf und diese drehte sich im Kreis. Plötzlich blieb sie stehen und zeigte auf der Karte in Richtung eines alten Baumes.

Komische Zeichen in Elfisch kamen auf der Karte hervor.

„10 – 1000 – 3 Du bist frei!"

Arry verstand die Worte nicht. Er stand auf und zeigte mit seiner Hand nach Süden. Die Feder von Andromina hat uns die Richtung gezeigt. Dort müssen wir hin. Dommy sagte: „Sieh dort, das könnte ein Fluss sein." Alle drei tranken das mitgegebene Wasser der Elfen aus und stiegen wieder auf Wind auf. „Kommt, wir reiten los."

Nach zwei Stunden Ritt kamen sie am Ziel an. Es lagen große Steine, wie Dracheneier umher, „DRAGONBALLS". Dommy hatte recht. Ein riesengroßer See lag mitten in der Wüste vor ihnen.

Der See war ruhig und still, keine Bewegung, keine Vögel, nichts. Absolute Stille. Arry stieg vom Pferd und sagte leise zu seinen Freunden: „Das ist komisch, da stimmt irgendetwas nicht."

Dommy sprang aus der Tasche heraus. Es war Totenstille. Nur den Atem der drei konnte man hören. Arrys Schwert Abur Zafar begann grün zu leuchten. Er nahm zur Sicherheit seinen Bogen und legte mit aller Ruhe einen Pfeil ein.

Mutig stellte er sich auf einen dieser großen, runden Drachensteine. Da begann sich vor ihm der Untergrund des Wüstensandes zu heben und eine Windhose drehte sich vor ihm.

Arry setzte zum Schutz seinen Elbenstahlhelm auf. Wind sprang auf den großen Stein hinter ihm und deckte die Rückseite ab.

Der Sandsturm wurde so stark, dass nichts mehr zu sehen war. Der Junge stand mit seinem Helm da, wie ein Fels, hatte seinen Bogen und Pfeil in der Hand und sagte: „Ich fürchte mich nicht, zeige dich, wer bist du?"

Da wurde es auf einmal wieder ruhig und eine wunderschöne, große schwarz-braune Erscheinung tauchte vor ihm auf und sprach: „Ich bin die Hexe und Zauberin „ZITRISA", Herrin über die Wüste und alle Winde. Ich bin gekommen, um dir und meiner Schwester zu helfen.

Ich warne dich, der große, böse Zauberer Exodus hat den schwarzen Drachen Ukuruk befreit. Er hat von deiner Mission erfahren und wird dir böse Mächte entgegenschicken."

„Ich, die Schwester der Elfenkönigin Andromeda, gebe dir für unsere dritte Schwester einen besonderen Ring mit. Sie wurde von dem bösen Hexer verzaubert und mit einem Fluch belegt. Nur ein junger Drachenmann kann sie noch retten. Das fürchtet Exodus."

„Du musst zum Baum der 1000 vergessenen Seelen. Befreie unsere Schwester! Dort kannst du sie mit diesem heilig geweihten Sandsturmring befreien.

Doch vorher musst du die Gefahr, die auf dich zukommt, bestehen. Am Ende dieser Reise musst du ein Rätsel lösen, um das Sternenstaubheilkraut zu erhalten. Vergiss nicht die Zahlen und den Spruch, was ich dir jetzt sagen werde:

„10 Aufgaben, 1000 Seelen, Schwestern hoch drei und du bist frei."

Mit diesen letzten Worten löste sich die Hexe und Zauberin in eine Windhose auf und übrig blieb ein glänzend funkelnder Perlenring. Das war der geweihte Sandsturmring der Zauberin Zitrisa.

Dommy sprang flink aus der Tasche und holte ganz geschwind den Ring aus dem Sand.

Da begann auch schon der rote Blutstein von seinem Schwert zu leuchten. Es war wieder ruhig, doch irgendwie war es eine eigenartige, böse Stimmung.

Der Untergrund begann sich jetzt zu bewegen. Ein Erdbeben? Alles wackelte und aus dem Untergrund des Sandes öffnete sich ein Loch und eine düstere Stimme sprach daraus hervor:

„Gib mir diesen Ring, sonst wirst du sterben, du kleiner Wurm."

Arry ließ sich nicht einschüchtern und schrie: „Den bekommst du niemals, komm und zeige dich und du wirst sehen, wer der kleine Wurm ist."

Mit tosenden Geräuschen, laut wie ein Vulkanausbruch, kam dieses Geschöpf der Finsternis heraus. Es war groß wie ein Drache, hatte einen Kopf wie ein Dämon und einen Körper mit einem Stachel wie bei einem riesengroßen Skorpion Krebs. Da stand er vor Arry und lachte laut und hämisch: „Ha ha ha ha ha."

Arry war in der Zwischenzeit auf Wind gesprungen, um größer zu wirken.

Er schluckte. Der war wirklich sehr groß und furchterregend.

„Ich bin der „SKORPION KRIEGER SKOB“ und mein Meister hat mir befohlen, den Ring der Zauberin Zitrisa zu holen.“

Der Skorpion-Krieger stellte sich in Kampfposition und richtete seinen Stachel zum Angriff: „Deine letzte Chance, gib mir den Ring!“

Wind stellte sich auf seine Hinterbeine und wieherte: „Niemals bekommst du den Ring.“ Arry legte zwei Pfeile ein und schoss diese sofort ab.

Beide Pfeile zischten durch die Luft und trafen ihr Ziel innerhalb des Bruchteiles einer Sekunde in Richtung Kopf.

Die beiden Pfeile steckten in den Augen des Ungeheuers. Vor Schmerz und Blindheit schlug es mit seinem Giftstachel umher.

Arry zog sein Schwert und Wind sprang auf den Skorpion-Krieger zu. In diesem Moment schlug der Stachel des „SKOB" auf Arrys Kopf ein. Doch er hatte Elbenstahl auf und dieser wehrte den Schlag ab.

Der Junge wurde zu Boden geschleudert und mit einer Sprungrolle stand er auf dem mächtigen Bösen Skorpion Krieger. (Skob)

Dieser sah nichts, aber er hatte seinen Stachel bereit.

ARRY MIT 2 PFEILEN IM BOGEN EINGESPANNT

Arry ging in die Position eines jungen erfahrenen Kriegers und hielt sein Schwert in Richtung der großen Gefahr.

„Gib nun auf und gehe in deine Unterwelt zu deinem Hexenkönig zurück, wo Du hergekommen bist."

Der Skob Krieger hörte nicht auf die Worte und der Stachel raste Richtung Arry. Dieser sprang zur Seite und schlug mit einem Hieb den Stachel ab. Der Skorpion-Krieger schrie auf und der Boden zog ihn in die Öffnung zurück, wo er herausgekommen war.

Der Giftstachel, so groß und lange wie ein Menschenfuß zuckte noch immer und lag neben dem knieenden Krieger.

Arry nahm seine Wasserflasche, trank das restliche Wasser aus, hielt sie unter den Giftstachel und das Gift lief hinein. Dommy, der aus der Tasche heraus sah fragte:

„Warum tust du das?"

„In der Wasserflasche mit dem roten Verschluss ist das Gift drinnen. Wir werden es noch brauchen. Vertraue mir!" Er streichelte Dommy mit seiner Hand über den Kopf.

Auch Wind kam herbei und mit der anderen Hand nahm und streichelte er ihn ebenso und sagte zu ihm: „Du warst so mutig. Dein Sprung hat mich in die richtige Richtung katapultiert. Danke dir, mein Freund."

„Wir haben es geschafft. Kommt, rasten wir etwas. Wir machen ein wärmendes Feuer und essen die guten Sachen der Elfen. Die werden uns für morgen stärken. Bei Sonnenaufgang werden wir den Baum der 1000 Seelen suchen."

Arry nahm die Feder seiner liebsten Andromina und dachte glücklich an sie. Den Ring der Hexe und Zauberin am Finger nahm er nach langer Zeit die Flöte und sang „Das Lied des Ringes".

Kappo III

„Das Ring Lied"

G Am D

Und ich glaub an dich, Drachenmann

G Am

Ich wünsche für dich und mich

C D

Rette mich und ich rette dich

G / Am / D / G / Am / Am7 / C / D

Am D

Bring mir den Ring und befreie mich

Am D
und kämpfe für mich

G C D
Weil ich brauche dich

G
Drachenmann, Drachenmann
Am D
Kennst Du mein Rätsel nicht

Am C D
Sag die Zahlen und den Spruch, nur für mich
G Am
Ring, Ring Zauberring ich vermisse dich
C D G
Ring, Ring Zauberring ich liebe dich!

Am nächsten Morgen: Dommy war schon munter und knackte sich ein paar Nüsse zum Frühstück. Wind und Arry wurden durch das Knacken wach.

Die ersten Sonnenstrahlen blinzelten am Horizont hervor. Das Feuer war aus und es war klirrend kalt in der Wüste. Der Junge stand auf, streckte und dehnte sich, aß ein paar Datteln und sagte: „Wir suchen nun den 1000 Seelen Baum."

Er legte seine geheime Karte auf den Boden und gab die Feder Si von Andromina darauf.

Diese drehte sich im Kreis und blieb dann stehen. „Wir müssen nach Osten. Dort wo die Sonne aufgeht." Nun hatte Arry einen geheimen Kompass für alle seine Fragen.

Die drei brachen auf, mit dem geheimen Spruch und dem heiligen Ring am Finger.

„Los, lauf Wind und zeig uns wie schnell du bist. Noch ist es kühl." Wind sprintete und galoppierte los, schneller als sein Schatten.

Nach drei Stunden Ritt blieben sie stehen. Arry stieg ab und rundherum war nur Wüste. Plötzlich begann der Ring zu leuchten und das Schwert von Arry ebenfalls.

„Kommt, wir müssen dort auf die Anhöhe dieser großen Düne."

Langsam, Schritt für Schritt stapften sie auf die Erhebung zu und dann sahen sie ihn.

Ein mächtiger, großer morscher Baum, umgeben von zehn Meter hohen Steinsäulen und außen rundherum ein breiter Wassergraben.

Ein beeindruckendes Bild schon von Weitem. Er musste tausend Meter hoch sein. In der Mitte grün, wie die Oase von den Elfen des Königreiches von Andromina. Arry sprang auf Wind, Dommy in die Tasche und sie ritten los. Es konnte vielleicht noch eine Stunde sein.

Es war Mittagszeit. Die Sonne brannte vom Himmel. Immer näher kamen sie und viele schöne Pflanzen bewuchsen die Wüste. Lebewesen, Käfer, Schmetterlinge und Insekten flogen umher, Blumen blühten. Nun waren sie angekommen.

Der Ring sowie das Schwert leuchteten immer noch. Vor ihnen war ein riesengroßer Wassergraben mit großen Felsen auf der Innenseite.

Es waren Inschriften und Totenköpfe auf diesen großen Felsen zu sehen. Verschiedene Lebewesen, Drachen, Menschen und Tiere sowie Königskronen.

Viele mystische unbekannte Symbole, und in der Mitte ragte ein mächtiger, riesiger, verdorrter Baum heraus. Arry schluckte und seufzte: „Wie kommen wir da rüber zum Baum?“. Er setzte sich an den Rand des Ufers. Das Wasser war manchmal ruhig, zwischendurch wieder Strudel und dann war es reißend, wie ein wilder Fluss.

Arry legte sich in die Wiese und dachte nach: „Wir brauchen eine Idee.“, sagte Arry leise vor sich hin. Er nahm die Feder von Andromina und dachte an sie. Wind trank vom Wasser und stärkte sich, Dommy sprang lustig herum und spielte mit Heuschrecken, Bienen und Käfern. Plötzlich sprang Dommy auf den Bauch von Arry und sagte: „Schau, wen ich da in meiner Hand habe!“

„Hast du eine Libelle gefangen? Lass sie frei!" „Nein, sieh genau hin." er schaute genau hin, eine kleine Elfe. „Hey, wer bist denn du? Wo kommst du denn her?"

„Ich bin „STIPPI", die Elfenmutter Andromeda schickt mich, ich komme von der Oase, um eine wichtige Nachricht zu überbringen." Die kleine Elfe stotterte ein wenig, war nervös und sehr erschöpft von der langen Reise. Dommy gab ihr eine Powernuss und gleich ging es ihr besser.

„Sag, welche Nachricht hast du für uns?" Stippi gab Arry einen Kuss. „Der ist von Andromina" und sie sagte:

„Mein Held, ich liebe dich"

„oooo schön, danke und was hast du noch für eine Botschaft?" „Mutter Andromeda schickt dir folgende Nachricht: Bei Sonnenuntergang nimm den heiligen Ring, reibe ihn, sag die geheimen Worte und lege deine Hand in das Wasser. Später, bei den heiligen Steinen, suche den Stein der Hexen und wiederhole das Ritual. Wenn du das schaffst, kommst du in das Labyrinth der toten Seelen. Singe ihnen ein Lied auf der Zauberflöte, damit sie euch gnädig sind und dann, wenn du vor dem großen Baum stehst, horche auf dein Herz und nicht auf deinen Verstand."

Arry dankte Stippi und gab ihr einen Luftkuss zurück. Die kleine Elfe wurde ganz rot und freute sich.

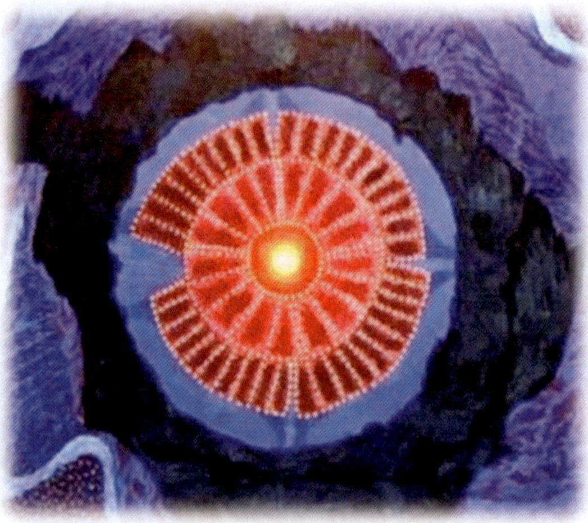

Nun war es nicht mehr lange hin. Die Sonne war schon an der Felskuppe angelangt. Der Junge richtete sich zusammen. Er, sein Messer, sein Schwert und sein Helm waren bereit. Wind, Dommy und Stippi ebenfalls.

Der letzte Sonnenstrahl brach sich im Licht, Arry rieb den Ring und sprach.

„10 Aufgaben, 1000 Seelen, Schwestern hoch drei und du bist frei"

Der Ring begann in allen Farben zu leuchten und Arry legte seine Hand in das Wasser. Plötzlich senkte sich das Wasser ab und es war nur mehr leicht über dem Untergrund. Eine Steinbrücke in fünf Metern Tiefe kam zum Vorschein. Arry stieg auf Wind, Dommy in die Tasche, die Elfe schlüpfte unter den Elfenhelm hinein und sie ritten los.

Es war düster und gruselig, überall lagen Skelette von Lebewesen. Arry hielt seine Hand nach vorne und es leuchtete der Ring für sie.

Auf der anderen Seite angelangt, sprang Wind nach oben und da standen sie vor den großen, hohen Säulen mit Inschriften und Totenköpfen.

In der Zwischenzeit hatte sich hinter ihnen das Wasser im Burggraben wieder gefüllt und ein reißender Strudel mit hohen Wellen waren hinter ihnen. Arry zog sein Schwert aus der Scheide, berührte den grünen Edelstein und sprach:

„Grüner Drachenstein, hilf uns. Welcher große Felsen ist der, der Hexen und Zauberer?" Das Schwert und die Inschriften darauf begannen zu leuchten. Plötzlich, wie ein Sonnenstrahl, leuchtete ein grüner Lichtstrahl auf einen heiligen Felsen. Oben auf dem Felsen, ein Totenkopf von einem Menschen, mit dem Hexenkreuz auf der Stirn eingebrannt.

Unten die Inschrift „Hexen, Hexen, Hexen sein, reib den Ring, sag den Spruch und du darfst rein."

Der Junge rieb an dem Ring und wiederum leuchtete dieser und er sprach:

„10 Aufgaben, 1000 Seelen, Schwestern hoch drei und du bist frei."

Arry legte seine Hand auf die Symbole und der große Felsen begann sich zu bewegen.

Es krachte und rumpelte, Stein auf Stein bewegte sich. Wie eine Türe bewegte sich der Felsen und öffnete sich immer mehr.

Arry ritt langsam durch die Steintüre hindurch. Dommy und Stippi schauten hervor, vor ihnen ein riesengroßes, grünes Labyrinth und in der Mitte ein mächtiger großer Baum.

Die Magie hatte gewirkt. Doch da war etwas vor ihnen, das war nicht geplant.

Der Junge dachte nach und sagte: „Ich habe einen Plan". Alle hörten gespannt zu. „Dommy, du bist der flinkste und beste Sucher.

Stippi, kann fliegen und sich alles von oben ansehen. Ihr beide müsst einen Weg durch das geheimnisvolle Labyrinth finden. Nehmt die Nüsse mit und legt Wind und mir eine Spur für den nächsten Morgen."

Dommy stotterte ein wenig ängstlich und sagte: „Aber was ist mit den Toten und den Geistern der tausend Seelen?"

Arry sagte: „Ich werde für die tausend toten Seelen ein Lied auf meiner Flöte Isi spielen und ihnen etwas vorsingen, so wie Andromeda gesagt hat. Es wird sie versöhnen und uns wird nichts geschehen.

Nun los mit euch. Wir sehen uns im Morgengrauen beim heiligen Baum."

Dommy und Stippi machten sich auf den gefährlichen Weg durch das Labyrinth.

(DAS ABER IST EINE EIGENE GESCHICHTE)

Es war Vollmond und Arry sang das „Lied seiner Mutter" für die tausend toten Seelen.

Am nächsten Morgen: Wind stand vor Arry, schubste ihn und wieherte. Er hatte tief geschlafen und geträumt, er wäre ein Drache. Der Junge wachte auf und sein Herz pochte.

„Wind, ich hatte einen Traum, komm wir müssen uns beeilen Dragonheart ist in Gefahr!"

Der Junge schwang sich auf seinen schwarzen Freund und sie galoppierten los.

In vollem Vertrauen in seine Freunde, folgten sie den Spuren mit den gelegten Nüssen.

Mit höchster Geschwindigkeit ritten beide durch die engen Gassen des sehr hohen Labyrinths. Sie sprangen über Spalten und sich aufreißenden Schluchten. Dommy und Stippi hatten einen tollen Weg aus Nüssen gelegt, aber am Ende des Weges loderte eine Feuerhecke. Die Spur der Nüsse ging direkt hinein. Arry und Wind sprangen vollen Mutes durch und es geschah....... nichts. Eine Täuschung, wie eine Fata Morgana. Da standen sie plötzlich vor diesem großen, mächtigen Baum.

Dommy und die Elfe lagen völlig erschöpft davor und schliefen.

Arry stieg von seinem Freund und weckte die beiden. Diese erschraken. Dommy schrie: „Der Baum ist verzaubert. Er wird uns alle einsperren und fressen!"

In diesem Moment, als die Worte gesprochen waren, verwandelte sich der Baum in einen riesengroßen Steinriesen. Alle vier Freunde schleuderte es zu Boden und der Riese begann zu sprechen:

„Eindringlinge, ihr habt die drei Hürden der tausend Seelen überwunden. Was ist euer Begehr?" Er schlug mit seiner Faust auf den Boden und ein Erdbeben entstand.

Die vier Freunde flogen wieder durch die Luft und schlugen hart am Boden auf. Arry erhob sich wieder und sprach:

„Ich suche und brauche das heilende Sternenstaubheilkraut, um den König zu retten. Kannst du mir helfen?"

Der Steinriese neigte seinen Kopf herunter und schaute Arry an: „Hmmmmmmm, was gibst du mir dafür?"

Arry streckte seine Hand aus. Auf seiner Hand leuchtete der heilige Zauberring.

Plötzlich verwandelte sich der Riese wieder in einen Baum und ein schöner Frauenkopf kam zum Vorschein. Eine sanfte Stimme kam daraus hervor.

„Gib mir den Ring der mächtigen Hexen und Zauberer und ich werde zurück aus meiner Verbannung kommen und dir das Sternenstaubheilkraut geben."

„Ja, so sei es," sprach Arry. „Aber vorher sprich du die heiligen Worte des Ringes, damit ich weiß, wer du bist." Der Baum sprach:

„10 Aufgaben, 1000 Seelen, Schwestern hoch drei und du bist frei"

Der Ring und der Baum begannen in den gleichen Farben zu leuchten und der Kopf des Baumriesen kam zurück.

Das Maul des Riesen begann sich zu öffnen. Ein heißes Feuer loderte darin. „Komm, gib mir den Ring und tausch mit mir. Ich bin die Hexe und Zauberin Iridir Kristallquell. Rette mich und die tausend Seelen werden frei sein."

Arry dachte an die Elfenkönigin. Mach es nicht mit Verstand, nimm dein Herz und denke an deine Gefühle. Langsam hob Arry seine Hand Richtung feurigem Loch. Er sah seine Freunde an und schloss seine Augen. Der Junge dachte an seine liebste Andromina, seine Familie, den König und an Dragonheart.

Arry schrie alles aus sich heraus und streckte seine Hand mit dem Ring in das feuerlodernde Loch.

Er bemerkte, wie der Ring von seinem Finger gezogen und ein Stein in seine Hand gelegt wurde. Der Junge zog seine Hand heraus. Sie war verbrannt. Nur in der Handfläche lag ein glänzend blauer Stein.

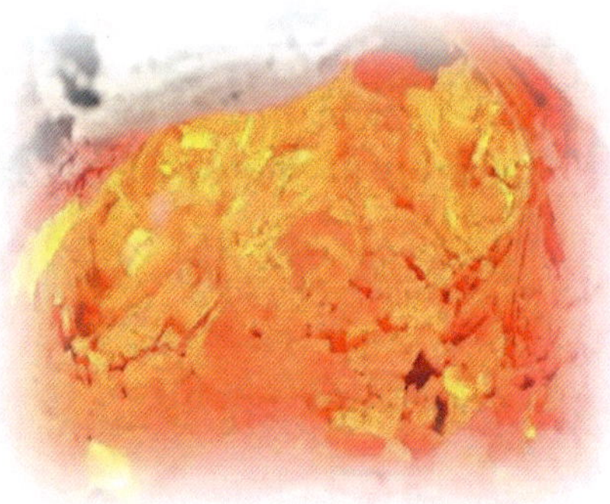

Plötzlich entstand ein großes Gewitter. Es begann zu regnen. Regentropfen fielen auf seine Hand mit dem Stein. Die Hand begann zu heilen. Nun wusste er, dieser Stein enthielt das besondere, heilende Sternenstaubheilkraut.

Der Baum begann sich zu verwandeln und vor ihnen stand die Zauberin Iridir.

Arry stellte sich einen Schritt zurück und kniete sich nieder. Er hielt seine Hand hoch. Der blaue Stein leuchtete. „Ich bin die dritte Schwester, Königin des Wassers.

Du siehst nun an deiner Hand, welche Heilkraft du nun besitzt.

Dieser besondere Stein heißt:

„KRISTALLQUELL"

Legst du diesen heiligen Stein der Wasserhexen mit deiner Hand in das Wasser, dann entfaltet er seine vollen Heilkräfte.

Er gehört nun dir. Wenn du den mystischen Spruch sagst, kannst du deinen König damit retten.

„Kristallquell mit dem „Sternenstaubheilkraut" sei so rein wie der hellste Sonnenschein".

Steh auf, mein junger Held.

Du hast mich befreit vom Zauber des Hexenkönigs und mir den mystischen, heiligen Perlenring zurückgebracht.

Nun werden die tausend Seelen frei sein und ich habe wieder die Macht über das Wasser.

Gehe jetzt den Weg Richtung Süden. Es wird hier bald alles zu Wasser und ein See wird entstehen. Wenn du mich brauchst, in jedem Wasser bin ich für dich da."

Arry sprang mit seinen Freunden auf Wind hinauf und ritt eilig weg. Hinter ihnen ein rauschendes Getöse. Es bildete sich ein See und ein mächtiger Baum blieb auf einer grünen Insel zurück.

Kapitel 9

„Das Luftschloss ARITAC"

„Der Kampf der Drachen"

Arry und seine Freunde standen auf der großen Sanddüne. Sie drehten sich ein letztes Mal um. Der Junge hob seine Hand und der blaue Stein leuchtete. Er hatte nun das Heilmittel für den König von der Herrin des Wassers Zauberin und Hexe Iridir.

Ein wunderschöner Regenbogen überzog das Tal. „Komm Wind, wir haben es geschafft, wir reiten heimwärts in Richtung Süden in unser Königreich der Drachenritter." Wind hob seine Vorderbeine und galoppierte los.

Nach drei Stunden wildem Ritt: Ein tolles Gefühl Richtung Heimat zu reiten. Der Wind blies Arry ins Gesicht. Über Steine, Felsen und Wurzeln ging es. Plötzlich blieben Wind und Arry stehen. Arry und seine Freunde stiegen ab. Vor ihnen tat sich ein riesengroßer Wald auf.

„Wir sind hier am Waldrand von „RIESENBARD"," sagte die kleine Elfe Stippi. „Ich kenne das, es ist ein Zauberwald mit vielen Dämonen. Sie können sich in alles verwandeln und es sind wilde Kreaturen. Sie zerfleischen uns in tausend Teile." Die kleine Elfe zitterte. Arry zog seine Karte heraus und sagte: „Papperlapapp, es wird viel geredet und erzählt. Wir sind stark und mutig."

Die Elfe und Dommy schmiegten sich zu Arry, es war ihnen Angst und Bange. Nun legte er die Feder Si darauf. Sie drehte sich und zeigte auf der Karte in Richtung eines Turms mit einer Krone, aber nicht durch den Wald hindurch.

Arry sprach: „Wir können nicht alle außen rundherum. Wir haben nur mehr drei Tage Zeit. Ich werde die Abkürzung durch den Wald nehmen. Auf der Karte war der Wald mit einem Totenkopf eingezeichnet und dahinter in der Luft ein Schloss, ein Zauberstab und ein schwarzer Drachenkopf.

Stippi sprach: „Ich fliege zurück in meine Oase und ich werde der Königin von deinen Plänen erzählen.

Ich verkünde, dass du das Sternenstaubheilkraut hast. Es wird sich im ganzen Königreich herum sprechen, dass die Rettung für den König nahe ist."

Sie gab allen einen Kuss auf die Wange, Dommy einen auf den Mund und verabschiedete sich herzlich: „Wir sehen uns bald wieder." Und schon war sie auch weg.

Dommy rieb sich seinen Kopf und wurde rot: „Oh, mein erster Kuss!" und seine Augen verdrehten sich.

„Nun machen wir folgendes", sagte Arry, als sie wieder auf die Karte sahen. „Wind und Dommy, ihr reitet außen herum. Dort müsst ihr durch das Tal, der Heimat von Dragonheart. Ich brauche seine Hilfe im Kampf gegen Exodus, dem bösen Zauberer.

Wir treffen uns spätestens in zwei Tagen im Morgengrauen. Da wird der letzte Kampf beim fliegenden Schloss Namens Aritac stattfinden. Ihr müsst Dragonheart diese Nachricht überbringen." Arry schrieb auf ein Stück Papier.

„Dragonheart, Dragonheart rette mich, Dragonheart, Dragonheart ich brauche dich, Dragonheart, Dragonheart ich liebe dich"

Arry nahm sein Messer, ritzte in seinen Finger und ließ drei Blutstropfen darauf tröpfeln. „Das Blut und der Spruch von mir wird Dragonheart überzeugen, dass alles was ihr ihm erzählen werdet, der Wahrheit entspricht. Nun reitet los, meine Freunde. Dommy, halte dich gut an."

Dieser band sich an der Mähne fest. Arry drückte beide zum Abschied. „Viel Glück und seid geschwind. Ihr habt nicht viel Zeit!" Die beiden ritten los und Arry sah nur mehr eine Staubwolke hinter ihnen.

Aber das ist wieder eine eigene Geschichte von „Wind und Dommy" im Tal der Drachen.

Arry setzte sich nieder und machte Feuer, nahm seine Giftflasche mit dem Gift vom Skorpion-Krieger und strich vorsichtig sein Messer, sein Schwert und seine Pfeilspitzen damit ein. Nun waren alle Pfeile tödlich.

Der Junge lag am Feuer und dachte an seine Erlebnisse und Abenteuer sowie an die bevorstehende Rückreise. Es lag wieder eine schwierige Aufgabe vor ihm. Er musste durch diesen Wald hindurch.

Arry begann leise sein Lied von Mutter zu pfeifen. Doch plötzlich, ein dumpfer Knall.

Ein Speer mit einem Totenschädel landete zwischen seinen Füßen. Arry sprang auf, das Feuer loderte, und er erkannte im Nebel vor dem Waldesrand eigenartige Geschöpfe.

Eine düstere, gefährlich angespannte Stimmung lag in der Luft. Arry setzte sich wieder nieder zum Feuer, verschränkte seine Beine und setzte seinen Helm Elbenstahl auf.

Ein grelles, weiß-blaues, kristallenes Licht begann zu leuchten und umhüllte ihn wie eine Energieglocke.

Speere und Pfeile kamen aus dem Nichts, flogen auf ihn zu und prallten an seinem Energiefeld ab.

Dann zerriss ein Schrei die Nacht „uh uh uh uh uh uh“, danach Trommeln „bum, bum, bum“ und wieder Schreie „L L L L l Ll l l l l liiiiiiiiiiiiiiiii“. Plötzlich Stille und die Nebelgestalten verschwanden.

Arry meditierte und erinnerte sich an die Geschichten von Vater. Er erzählte von einem großen Wald, in dem es Ureinwohner gab. Man nannte sie „SITAX KRIEGER“, die besten und größten Kämpfer, die es je gab. Es begann zu donnern und zu regnen.

Der Blitz schlug in den Wald ein. Ein großer Baum barst, spaltete sich in zwei Hälften und begann zu brennen. Arry nahm den blauen Stein von Zauberin und Hexe Iridir Kristallquell in die Hand und berührte damit das Wasser am Boden. Alles, was nass war, begann auf einmal zu leuchten.

Der Junge ging los. Das Feuer war durch den Regen erloschen, aber der Wald leuchtete wie das Licht der Sonne. Langsam schritt er voran. Es war ruhig, man hörte nur seine Schritte und das Tröpfeln des Regens. Da stand er vor dem brennenden Baum, dieser begann zu sprechen:

„Hilf uns, der Wald wurde verzaubert. Hilf uns, hilf uns bitte!"

Das Feuer am Baum erlosch und ein Ast brach ab. Auf dem Ast loderte das Feuer weiter. Es hörte auf zu regnen und zu donnern. Arry kannte die Stimme des Baumes nicht, aber er wusste, die Gefahr war rund um ihn herum. Er nahm den lodernden Ast und schritt weiter voran.

Es war dunkler geworden, aber er hatte die Fackel und einen glänzenden Wasserstromlauf. Arry folgte der Spur.

Nun war er in der Mitte des Waldes angekommen. Er kam zu einer großen Lichtung. Der Vollmond schien. Er zog nach dem Gewitter hell vor die Wolken. Die Fackel und der Bachlauf waren erloschen.

Plötzlich hörte er Schreie aus dem Wald:

„Uh uh uh uh uh uh uh uh uh uh uh uh", dann Trommeln „bum, bum, bum, bum, bum, bum, bum, bum, bum" und wieder Schreie „L L L L Ll Ll Ll Ll Ll liiiiiiiiiiiiiii". Plötzlich traten auf die Lichtung 100 Nebelgestalten hervor. Sie sahen wie tiermenschenähnliche Wesen aus. Wer waren sie?

Arry griff zu seinem Schwert, doch es leuchtete nicht. Warum? Was war los?

Er sah genau hin. Sie kamen immer näher. Große Krieger, mindestens 3 Meter hoch, mit Köpfen und Fellen am Kopf, von Bären, Löwen, Schlangen, Drachen und mit Kriegsbemalung.

Ein riesengroßer Nebelmensch mit einem Bärenkopf trat hervor.

Er blieb vor Arry stehen. „Ich bin der König und Beschützer dieses Waldes. Mein Name ist „OOR". Bist du der Retter, wie es die Prophezeiung vorhergesagt hat?"

„Ich bin Arry, der Drachenjunge und meine Aufgabe ist es, König Theolin zu retten. Der kürzeste Weg ist durch deinen Wald. Bitte verzeih. Ich weiß es nicht, ob ich der Retter für euch bin."

Der König deutete mit der Hand und ein großer Krieger mit einer Eule am Kopf kam hervor. Dieser schmiss Steine und Wurzeln vor den König hin. Der kniete sich vor den Jungen nieder und sagte:

„AKI, MAKE, TURU, TURU, AKI, MAKE.

So wie es heißt, der Retter ist da." Der König winkte abermals mit der Hand und da kam ein noch größerer Krieger hervor, furchterregend, mit Hörnern am Kopf und einem Speer in der Hand.

Der König sprach: „Kämpft und zeigt eure Macht. Du bist klein Drachenjunge."

Arrys Schwert begann grün zu leuchten. Er wusste, er musste jetzt klug handeln. Ein Schlag mit dem Drachenschwert mit der giftigen Klinge und der Sitax-Krieger wäre tot.

Arry steckte sein Schwert ein und nahm sein Messer Knik heraus. Die Krieger tobten, trommelten und schrien. Beide gingen in die Angriffsposition und rannten aufeinander zu.

Arry machte seinen Leopardensprung und ritzte während des Sprunges den Krieger leicht an seiner Hand.

Der Krieger kannte sich nicht aus, weil alles so schnell ging. Beide standen sich danach gegenüber:

Arry in seiner Kampfstellung und der Sitax-Krieger mit seinem großen Speer. Dieser wollte gerade werfen. Doch plötzlich fiel der große Krieger um. Das Gift wirkte.

Arry streckte sein Messer in die Höhe, sodass alle es sehen konnten. „Ich bin Arry, der Drachenjunge, will niemanden etwas Böses tun und werde euch helfen, euren Wald zu retten."

Die Trommeln begannen zu schlagen und die Nebelwesen gingen auf den Jungen zu. Dieser zückte sein Schwert. Es waren mehr als 100 Krieger, doch der König schrie laut:

„AKI, MAKE, TURU, TURU, AKI, MAKE"

Die Krieger blieben stehen und knieten sich nieder. Arry überreichte dem König sein Messer und holte seinen Heilstein heraus, goss Wasser auf den verletzten Krieger und drückte den Stein auf sein Herz. Alles an ihm begann zu leuchten.

Der Krieger setzte sich benommen auf und beide reichten sich die Hand zur Versöhnung.

Er lebte wieder. Die anderen Krieger begannen zu toben und zu schreien:

„Uh uh uh uh uh uh uh",

dann Trommeln „Bum, bum, bum, bum, bum, bum, bum, bum" und wieder Schreie,

"L L L L Ll Ll Ll Ll l i i i i i i i i i i i i ".

Der Krieger stand auf und sprach: „Mein Name ist „RURU". Ich bin in deiner Schuld und werde dir bei deinem Auftrag helfen." Arry nickte und lachte ihn an. Der Junge sprang auf einen abgeschnittenen Baum. Dadurch war er größer als alle anderen.

„König Oor und ihr mutigen Krieger der Sitax, der Zauberer und Hexenkönig Exodus ist böse, zerstört den Wald und das gesamte Königreich."

König Oor sprach: „Dort in den tiefen Höhlen unter dem Schloss Aritac lebt ein Höhlenwurm. Er kommt jede Nacht und tötet alle Lebewesen in unserem Wald. Vögel, Säugetiere und viele unserer Krieger mussten schon sterben. Dieser Wurm ist unbesiegbar.

Besiege und töte für uns den Höhlenwurm, dann werden wir für dich in den Krieg gegen den bösen Hexenkönig Exodus ziehen."

Der König hob die Hand und seinen Speer: „Wir ziehen in den Kampf, das Volk der Sitax-Krieger zieht in den Krieg."

Leise schlichen die Krieger mit Arry und dem König an der Spitze Richtung Untergrund der Höhlen.

An der letzten hohen Erhebung im Wald, auf einem Felsen, sahen sie es.

Riesengroß, mächtig, grau und düster – ein Schloss mit einem riesengroßen schwarzen Turm. Auf diesem Turm war ein schwarzer Drache, der über dem Schloss wachte.

Darunter unzählige Höhlen. Plötzlich ein Röhren und ein Dröhnen:

"R u u u u , R o o o o o o o , A r r r r . "

König Oor deutete hin. „Das ist er, der tötende Höhlenwurm. Er hat wieder Blut geleckt."

Arry kniete sich nieder und zeichnete mit einem Stock einen Plan in den Sand, zeigte mit seinen Fingern darauf: „Ruru, du wirst Brandspeere mit deinen Kriegern in alle diese Löcher werfen.

Dann stellt ihr euch vor diese eine Höhle zum Kampf auf, wo kein Brandspeer hineingeworfen wird, und lockt ihn mit eurem Geschrei heraus. Ich werde von oben auf ihn draufspringen und den Höhlenwurm töten."

Arry gab das Zeichen und los ging es. Die Krieger schleuderten die Brandspeere wie besprochen. Arry kletterte bereits oberhalb der Höhle.

Die Sitax Krieger schrien und schon tauchte der 10 Meter große Wurm auf. Er griff sofort an. Seine messerscharfen Zähne rissen zwei Krieger auseinander und das Blut spritzte in alle Richtungen. Die Gedärme hingen aus seinem Maul heraus.

In diesem Moment sprang Arry von oben herab und schoss zwei Giftpfeile ab. Diese bohrten sich in den Rücken des Untieres. Arry hielt sich daran fest und der Wurm schlug alles nieder. Die Sitax-Krieger flogen durch die Luft und der Kampf war am Höhepunkt angelangt. Der Wurm ermüdete und seine Kraft ließ etwas nach. Er drehte sich immer noch in alle Richtungen. Die Krieger schleuderten ihre Speere, doch diese prallten ab.

Da stellte sich der König Oor vor den Wurm und schrie ihn an: „Li Li Li Li Li Li Li Li Li L iLi L iLi Li Li."

Irritiert von diesem Schrei, stellte sich der riesige Wurm auf, sah den König an: „Ich werde dich jetzt in Stücke reißen."

Auf diesen Moment hatte Arry gewartet. Mit einer Hand hielt er sich fest. Mit der anderen Hand zog er sein rot leuchtendes Drachenschwert heraus.

Der Wurm bemerkte Arry nicht und der junge Krieger nahm alle seine Kraft und schlug mit einem Hieb den Kopf des Höhlenwurmes ab.

Der Wurm brach zusammen und zuckte noch. Der Kopf rollte vor den König der Sitax-Krieger. Die Krieger und der König begannen zu schreien: „Li Li Li Li Li Li Li Li Li Li Li Li Li Li Li Li".

Der König spießte den riesengroßen Kopf auf und rammte den Speer vor den Waldrand hinein.

Dies war eine Warnung für alle, die den Wald mit ihren Bewohnern etwas Schlechtes anhaben wollen.

Arry und die Sitax-Krieger zogen sich in den Schutz des Waldes zurück. Feuer wurden entzündet und die Trommeln wurden geschlagen. Die Krieger tanzten um das Feuer und sangen ein Siegeslied für Arry, der den Höhlenwurm besiegt hatte.

Arry legte sich beim Feuer nieder, sah dem Treiben zu und sagte zu seinem neuen Freund Ruru: „Im Morgengrauen müssten meine Freunde kommen. Ich muss auf den schwarzen Turm klettern und den Hexenkönig stellen, um ihm seine gerechte Strafe zuzuführen."

„Hoffentlich kommen Dragonheart, Wind und Dommy." Arry schlief vor Erschöpfung ein.

Der Junge schlief gut. Jedoch nach einigen Stunden hörten das Trommeln und die Gesänge auf.

Es gab einen Tumult und Arry wachte auf. Er hörte Schreie, ein Wiehern und eine bekannte Stimme schrie:

„Arry wach auf, Arry wach auf!"

Arry sprang auf und sah die Krieger. Sie hatten Wind und Dommy eingekreist und wollten sie mit ihren Speeren töten. Da schritt Arry ein und hob seine Hände,

„KUKURU, KUKURU, Frieden! Das sind meine Freunde."

Die Krieger legten ihre Speere nieder und setzten sich wieder zu ihren Feuern.

Arry, Wind und Dommy nahmen sich in die Arme. Welch' Freude! Arry sprach: „Wo ist Dragonheart?" „Dragonheart wird kommen, du kannst ihm vertrauen. Beim ersten Sonnenstrahl ist er da. Ich habe dir viel zu erzählen," sprach Dommy. Aber das ist eine eigene Geschichte

„Dommy im Tal der Drachen"

Es war noch finster und sehr dunkel. Aber die Sonne würde bald aufgehen und dann würde auch der Kampf gegen den Zauberer und Hexenkönig Exodus beginnen.

Alle Freunde von Arry waren gekommen und bereiteten sich vor.

Der Junge stellte sich auf die größte Erhebung vor den schwarzen Turm und hob seine Hand mit dem Schwert.

Abur Zafar begann rot zu leuchten und alle im großen Umkreis sahen dieses grelle Licht. Wie ein roter Blitz in den Himmel und zurück auf die schwarze Burg

„ARITAC".

Die Sitax-Krieger, die Elfenkrieger mit ihrer Königin, der Zwergenkönig mit einer Heerschar an Zwergenkriegern, die Windhexe mit ihren Wüstenkriegern und Sandstürmen, die Wasserhexe mit allen Wasserwesen und Steinriesen. Wind verwandelte sich in den dreihörnigen Stier und Dommy richtete sich seine Munition mit Zaubernüssen her.

Alle waren sie soweit und warteten nur auf das Zeichen von Arry.

Arry war auch bereit. Er nahm seinen Bogen Bambu, legte einen Brandpfeil ein, spannte ihn und zielte in den Himmel, Richtung des hohen schwarzen Turms beim Schloss.

Da standen sie in Kampfstellung. Der Hexenkönig Exodus auf seinem Schloss, von allen Seiten eingekreist durch Krieger und Kriegerinnen.

Mit dem ersten Sonnenstrahl am Horizont, kam er, Dragonheart, mit einem Feuerstrahl.

Arry feuerte seinen Pfeil ab und der große Kampf begann.

Der erste Sonnenstrahl erreichte den schwarzen Turm. Da stand Exodus auf der Aussichtsplattform, mit seinem mächtigen Zauberstab „EXO"in der Hand.

Über ihm thronte der schwarze Drache mit leuchtend roten, bösen Augen.

Am Himmel waren tausende, dunkle Krähen – fledermausähnliche Wesen. Unterhalb in den Burggräben lagen hunderte schlangenwurmartige Leguan-Krieger, die zum Kampf bereit waren.

Arry legte abermals drei seiner Giftpfeile ein. Ruru zündete diese wieder an. Der junge Krieger spannte seinen Bogen und zielte in Richtung des Hexenkönigs Exodus.

Er konzentrierte sich und fokussierte sein Ziel in hundert Meter Entfernung. Nun ließ er los. Mit höchster Geschwindigkeit sausten die Pfeile auf den Hexer zu.

Beim Aufprall konnte er mit seinem Zauberstab zwei Pfeile abwehren.

Diese flogen in die Flügel des schwarzen Drachen. Der schrie laut auf. Der dritte Pfeil durchbohrte die Schulter des Bösen und sein Zauberstab fiel auf den Boden. Der Zauberer ging vor Schmerz nieder.

Der Kampf war eröffnet. Arry kletterte mit Ruru den schwarzen Turm empor. Die Krähenfledermäuse griffen an. Wind verwandelte sich in den dreihörnigen Stier Taurusus und durchbrach die Zugbrücke mit dem großen Tor. Die Sitax-Krieger folgten ihm zum Kampf gegen die Schlangenwurmleguane.

In der Luft tobte mittlerweile der Kampf der Elfen gegen die Krähenfledermäuse und sie unterstützten Arry, damit er nach oben klettern konnte.

Die hohen Sturmwellen des Meeres und des Wassers schlugen auf die Festung ein. Die Steinriesen begannen Steine auf die Festung zu werfen. Diese begann zu bröckeln und einzubrechen.

Die Wüstenwindhosen kämpften gegen den schwarzen Drachen und nebelten den Hexenkönig mit Sand ein.

Die Hexenkugel leuchtete aus dem Nebel heraus. Der Hexer zog sich den Giftpfeil heraus und schrie vor Schmerz. Da griff auch schon Dragonheart an und spie sein Feuer über ihn.

Der Hexenkönig schütze sich mit seinem Zauberstab mit der mächtigen Kugel. Da kam der schwarze Drache zu Hilfe.

Beide Drachen begannen einen erbitterten Kampf – schreiend, beißend und feuerspeiend. Gegenseitig rissen sie sich mit ihren riesigen Zähnen das Fleisch heraus, das Blut spritzte und lief überall aus ihren tiefen Wunden.

Überall konnte man diesen lauten Kampf hören. Lautes Trommeln und Geschrei der Krieger tönte von allen Seiten. Die Sitax-Krieger schrien und kämpften wie wilde Tiere gegen die bösen Schlangenwurmleguane.

Dragonheart und der schwarze Drache hatten sich ineinander in der Luft verbissen.

Die Flügel und Klauen waren verkeilt. Arry schrie laut: „Dragonheart“, aber dieser konnte ihn nicht hören. In voller Geschwindigkeit rasten beide Drachen vom Himmel, wie ein Komet vorbei am Turm und schlugen unterhalb in die Erde ein: „B u m m m m m m m m m m m m.“

Ukuruk, der böse schwarze Drache, war obenauf und wollte gerade mit seinen großen, giftigen Zähnen in den Hals von Dragonheart beißen. Da ließ sich Arry mit dem Schwert voran und seinem Elbenstahlhelm am Kopf vom Turm fallen. Er sah aus wie ein Falke im Sturzflug.

Abur Zafar leuchtete auf und Arry schlug mit seiner ganzen Kraft auf den Panzer des Drachen auf.

Die Klinge des Schwertes durchstieß von hinten das Herz von Ukuruk, dem bösen schwarzen Drachen.

Ukuruk brüllte auf und sein Körper fiel zur Seite. Er war tot.

Der Hexenkönig Exodus hörte und sah das Unglück. Er brach am Boden zusammen.

Der rote Stier kam herbei und die Sitax-Krieger beschützten Arry und Dragonheart. Arry kniete bei Dragonheart. Dieser rührte sich nicht, aber er atmete. Er war schwer verletzt.

Arry strich mit seiner Hand über dessen Kopf und Dragonheart machte ein Auge auf. „Ich werde dich retten und den Kampf beenden," sagte Arry und sprang auf den roten Stier, der sich immer wieder in Wind verwandelte, um schneller zu sein. Dommy sprang auf die Schulter von Arry. Gemeinsam rannten sie in Richtung Turm.

„Zum Angriff! Gebt alles! Wir werden siegen!", schrie Arry. Taurusus und alle Krieger folgten ihm und schrien auch dabei.

Sie durchbrachen ein Tor nach dem anderen. Dommy hielt mit seinen Nüssen die Krähenfledermäuse fern. Er schoss eine nach der anderen ab.

Schon bald waren sie oben beim Bergfried angekommen. Der rote Stier rannte darauf zu und durchbrach das letzte Tor. Arry sprang mit dem roten Stier hindurch, legte während des Sprunges einen Pfeil ein und schoss diesen ab.

Der Pfeil durchbohrte die Hand des Hexenkönigs. Dieser hielt seinen Stab in der Hand und konnte sich nur mehr langsam bewegen.

Das Gift wirkte sofort. Der Zauberer hob langsam seinen Zauberstab. Arry ging vor ihm in seine Kampfposition.

Licht quoll aus der Kugel des Zauberers und schleuderte seine böse Zauberenergie auf Arry zu. „Du kleines Nichts, ich werde dich jetzt zerstören!" sprach Exodus.

Arrys Helm und Abur Zafar begannen ein Schutzschild aufzubauen.

Arry legte dahinter ruhig einen Pfeil in Bambu ein. Er zielte auf den Zauberer und dachte an die weisen Worte der Schildkröte. Arry zielte auf den Hexer. Er schrie: „Du kannst mich nicht töten!“

Arry ließ den Pfeil los und dieser sauste durch den Schutzschild und durchschlug die Kristallkugel.

„Ich töte dich nicht. Ich nehme dir die Macht.“, sprach Arry und der Hexer schrie: „Nein, nein, nein – mein Ein und Alles – der Zauberstab!“

Ein riesengroßer Knall ertönte, wie eine Explosion. Alle flogen durch die Luft und landeten hart auf dem Boden.

Die Magie des Zauberstabs hat ihre Kraft verloren.

Die bösen Gefährten von Exodus lösten sich in Luft auf und zerfielen zu Staub. Der Hexer und Zauberer stand auf einmal ganz still und plötzlich versteinerte er zu einer lebensgroßen Steinsäule.

Arry stand auf und hielt Abur Zafar in die Luft. Der grüne Stein begann zu leuchten und Arry schrie hinaus:

„DIE SCHLACHT IST ZU ENDE; DAS BÖSE IST BESIEGT!“

Viele begannen zu schreien und zu jubeln, Arry rannte hinunter zu Dragonheart. Da waren auch schon die anderen Freunde und Krieger zusammengekommen, diese sangen voller Freude über den Sieg.

Der Junge nahm seinen blauen Heilstein aus seiner Tasche.

Er hielt die Hand über sein Herz. Königin Andromeda sprach heilige, elfische Worte dazu, Zauberin Iridir, die Herrin des Wassers, ließ aus ihren Händen Wasser über den blauen Kristallquell fließen.

Arry sang das Lieblingslied von Dragonheart.

Kappo III

„Das Lied vom Drachen“

```
   G
   Drachenmann,    Drachenmann
 Am                          D
Kennst  Du  mein  Geheimnis  nicht
Am                   C        G
Du bist dran, sing ein Lied für mich

G                                 Am
Dragonheart, Dragonheart ich vermisse dich
                C                  D
Dragonheart, Dragonheart ich liebe dich
```

1x gesprochen – 1x gezupft und geschlagen

Dragonheart begann zu leuchten und er öffnete seine Augen. Arry setzte sich zu ihm und drückte ihn. „Du lebst, wir haben es geschafft." Seine Wunden schlossen sich und die volle Wirkung des Heilsteins setzte ein.

Der Drache stand auf und alle rundherum staunten und wurden ruhig. Er stellte sich auf und sagte: „Die Schlacht ist geschlagen. Wir danken dir Arry, unser junger Anführer. Du hast mir und vielen Menschen, Elfen, Wüsten- und Wasserwesen die Hoffnung zurückgegeben. Du hast den Frieden in dieses schöne Land zurückgebracht!".

Alle strömten herbei und verneigten sich vor Arry und schrien: „Arry, du bist unser Held!".

„LEBE HOCH, LEBE HOCH“

Sie nahmen ihn in die Mitte und warfen ihn immer wieder hoch. Alle freuten sich und begannen zu jubeln und zu singen.

Arry stieg auf Dragonheart und alle konnten ihn sehen. Er hob seine Hand, machte eine Faust und spreizte drei Finger und sprach: „Das ist der Drachen- und Stiergruß der Freiheit.

Meine Brüder und Schwestern der hier anwesenden Völker: Ich danke euch allen. Wir haben gemeinsam diese Schlacht gewonnen. Geht heim in eure Heimat, zu euren Familien und erzählt die Geschichte über das Bündnis der Menschen mit allen anderen Lebewesen, die gemeinsam das Böse besiegt haben!“

Dann kam der Schrei:

„KU KURU KU KURU – FRIEDE UND FREUNDSCHAFT!"

Die Trommeln und Gesänge begannen und alle verabschiedeten sich voneinander, kamen zu Arry, gratulierten und verneigten sich, wie wenn er ein König wäre.

Andromeda war die letzte, kam zum Schluss mit ihren Elfen, nahm den Jungen in ihre Arme und küsste ihn auf die Stirn.

„Mein Sohn, ein besonderer Gruß von Andromina. Sie freut sich auf ein baldiges Wiedersehen in unserer Heimat mit dir."

Stippi zischte herbei und gab Arry und Dommy einen Kuss. „Ich bleibe bei euch und helfe den König zu retten."

Die Elfen mit ihrer Königin sangen und flogen winkend davon.

Arry stieg auf Dragonheart, Dommy und Stippi verschwanden in der Tasche.

„Wind", sagte Arry: „Du reitest zu Andromina. Du bist nun ihr Beschützer. Ich werde bald kommen. Aber jetzt werde ich als nächstes den König retten."

Kapitel 10

„Die Rückkehr in das Königreich“

„Die Hoffnung stirbt zuletzt“

Dragonheart stieg in die Lüfte auf und alle drei sahen, wie das Hexenschloss im Meer versank.

„Los, flieg los!“, schrie Arry, „Flieg in Richtung Heimat in das Königreich der Drachenritter! Wir werden jetzt den König Theolin retten.“

Alle gingen oder flogen heimwärts: Zauberinnen, Hexen, Zwerge, Elfen, Krieger und Gefährten von Arry. Ein allerletztes Mal winkte er ihnen zu.

Dragonheart sprach: „Ich bin jetzt der letzte meiner Art.“ Arry antwortete: „Sag niemals nie!

Die Hoffnung stirbt zuletzt.

Du hast mich und lebst noch hundert Jahre!“.

Der Drache flog in Richtung Heimat, über Felder, Wiesen und Auen, über das große Meer, über Seen und die hohen Berge.

Dommy und Stippi redeten die ganze Zeit und erzählten alles, vom Labyrinth und von Wind im Tal der Drachen. Irgendwann schlief Arry ein. Dragonheart flog und flog durch die Wolken und Lüfte.

Nach einem sehr langen Flug wurde es plötzlich sehr, sehr kalt.

Arry wachte auf. Dommy und Stippi waren in seiner Tasche eingeschlafen.

Dragonheart sprach: „Wir fliegen gerade über Schneestahl, den Schneeeisberg. Es ist nicht mehr weit." Dragonheart streifte zum Spaß mit seinen Schwingen den Gipfel, des höchsten Berges im Königreich der Drachenritter.

Arry und Dragonheart schrien vor lauter Freude. Dommy und Stippi wurden munter, schauten aus der Tasche und sagten, „Wow, so hoch ist der Gipfel."

Es war dunkel geworden. Die Sonne ging unter. Arry sprach und zeigte auf einen Punkt in der Ferne: „Dort seht, das ist das Königreich."

Die großen, mächtigen Türme mit den Kronen, dicken Mauern und der große See davor. Alle waren beeindruckt von dieser wunderschönen, großartigen Kulisse – ein so riesiges Schloss.

„Dort am Ende des Sees steht der Bauernhof und die Mühle meiner Eltern. Da müssen wir landen, ganz sanft auf der Wiese davor. Niemand darf uns hören", sagte Arry.

Dragonheart ging in den Sinkflug und landete leise vor dem Anwesen. Arry flüsterte: „Du musst dich dort in der großen Heuscheune verstecken. Sei leise und wecke die Hühner nicht auf!" Arry und seine kleinen Freunde stiegen ab und streckten sich nach dem langen Flug. Dragonheart ging in die Scheune als wäre es seine Höhle.

Dragonheart machte sich ganz klein, nur sein Auge schaute aus dem Scheunenfenster heraus. Doch so leise ging das nicht. Ein Kübel fiel um und der Hund Sokrates fing an zu bellen. Die Eltern des Jungen wurden durch den Lärm geweckt und kamen aus dem Haus heraus. Vater stellte sich schützend mit einer Heugabel vor die Mutter und schrie:

„WER IST DA, ZEIGE DICH, SONST SPÜRST DU MEINE HEUGABEL!"

Mutter hatte eine Lampe in der Hand und hielt sie nach vorne. „Ich bin es, Arry!", sagte er und trat vor in das Licht. Mutter rannte nach vorne und schaute in die Augen ihres Sohnes. „Du bist es!", sie umarmte, drückte ihn und begann vor Freude zu weinen. Die Geschwister hörten den Lärm und rannten heraus. Sie umarmten ihren zurückgekehrten Bruder aus vollem Herzen.

Vater sprach: „Komm herein und erzähle uns alles! Was ist passiert? Du bist groß geworden.", da hüpften auch schon Dommy und Stippi aus der Tasche heraus. „Das sind meine Freunde!", sagte Arry.

Mutter brachte Essen und jeder horchte Arry zu. Er erzählte alles – die ganze Geschichte – so kurz und bündig, wie es nur ging. Dommy und Stippi spielten mit den kleinen Geschwistern das Drachen- und Elfenspiel.

Dann sagte Arry: „Habt keine Angst! In der Scheune draußen ist mein Freund, ein Drache. Er hilft mir bei meinen Abenteuern."

Dragonheart`s Auge sah aus dem Fenster. Sie zuckten zurück und versteckten sich. „Nein, nein, fürchtet euch nicht! Er ist gutmütig und tut nichts.", versuchte Arry seine Familie zu beruhigen. Vorsichtig sahen sie aus ihren Verstecken hervor.

Tatsächlich, ein feuerrotes Auge blickte aus der Scheune heraus. Dragonheart setzte sein freundlichstes Lächeln auf und sie waren beruhigt. „Der schläft jetzt und ruht sich aus. Wir sind weit geflogen. Aber Vater erzähl, was ist inzwischen im Königreich passiert?"

„Oh, es ist wirklich schlimm geworden. Der König liegt im Sterben. Er wird nicht mehr lange leben. Alles ist vergiftet. Es gibt kaum mehr zu essen. Die Steuern wurden erhöht. Das Wasser ist nicht mehr trinkbar. Die Menschen sind krank und wirr im Kopf.

Nur noch Prinzessin „FILIPINA" versucht, das Königreich aufrecht zu erhalten um den Menschen Hoffnung zu geben.

Sie glaubt, dass der Richtige kommt, um das Königreich zu retten. Brüder und Söhne sind im Kampf getötet worden, die Königin ist an schwerem Herzen gestorben und es gibt nur mehr wenig Hoffnung.

Der Soldatenführer „KOMODO", der Bruder des Hexenmeisters Exodus, hat die Macht im Königreich übernommen. Die Prinzen und viele Soldaten des Königs wurden eingesperrt und hingerichtet.

Die Kinder müssen jetzt arbeiten gehen. Bei uns am Land ist es ein wenig besser und wir können überleben, aber es ist kein Leben. Die Menschen in der Stadt haben das Weißfleckfieber vom vergifteten Wasser", berichtete der Vater.

Arry erhob sich und holte sein Schwert Abur Zafar heraus.

Dann setzte er seinen Helm Elbenstahl auf und sprach: „Morgen bei Sonnenaufgang werden wir, meine Freunde und der Drache, den König retten. Ich habe schon einen Plan.

Das

„STERNENSTAUBHEILKRAUT"

nehme ich, um den König zu retten."

Der Junge holte seine Flöte Isi aus der Tasche heraus und gemeinsam begannen sie das Lied von Mutter zu singen.

Kappo III

„Das Lied von Mutter"

G Am D
Und ich glaub an mich, so wie dich

G Am
Ich wünsche für dich und mich

Am7 C Am D
Ich sehe dich und ich frage mich

G / Am / D / G / Am / Am7 / C / D

Em E
Vielleicht, vielleicht

Am D
werde ich meine Heimat niemals sehen

Am Am7
Vielleicht, vielleicht

C
werde ich den Himmel sehen

D G
und für dich wie ein Held auf eine Reise gehen

Am D
Und ich denke an dich

Am D
Und ich küsse dich

G C D
Weil ich liebe dich

Arry drückte seine Eltern und seine Geschwister fest an sich: „Ich komme wieder und dann werden wir gemeinsam feiern! Dommy, Stippi kommt, wir müssen gehen und uns vorbereiten."

Alle verabschiedeten sich und gingen zur Scheune zu Dragonheart. Dieser schlief noch seelenruhig. „Aufwachen! Wir müssen uns vorbereiten!" sagte Arry. Nun weihte er alle in seinen Plan, den er sich gründlich überlegt hatte, ein. Dragonheart kroch langsam aus der Scheune heraus, streckte sich und lächelte. Die Eltern und Geschwister standen am Fenster und winkten heraus.

„Gut gemacht, ihr drei. Nun hat meine Familie keine Angst mehr vor euch.", lobte Arry.

Arry sprang auf den Rücken des Drachen, Dommy und Stippi flitzten in die Tasche hinein. Arry hatte von Mutter ein wunderschönes, rotes Gewand bekommen.

Dragonheart stieg in den Himmel hinauf und flog in Richtung Westen zum Schloss, wo die Sonne unterging. Nun hatten sie die Sonne im Rücken, die ersten Sonnenstrahlen in Rot und Orange kamen am Horizont hervor.

Mit seinem Schwert in der Hand und Elbenstahl am Kopf glitten die vier Freunde an den Festungsmauern mit höchster Geschwindigkeit vorbei.

„TÖ TÖ TÖ TÖ TÖ TÖ TÖ TÖ TÖ."

Die Soldaten erkannten den Drachen zu spät für den Abschuss der großen Drachenpfeile.

Sämtliche Angriffshörner erschallten im ganzen Königreich. Doch Dragonheart war so schnell, dass die Soldaten ihn nicht treffen konnten.

Arry steuerte mit Dragonheart auf den Königspalast zu. Unterhalb auf der großen Terrasse kamen die Soldaten, mit ihren Lanzen, Bögen und Streitäxten herbeigeeilt. Soeben wollten sie zu schießen beginnen.

Da nahm Dommy eine präparierte Nuss, die mit weißem Elfenstaublicht gefüllt war und schleuderte diese auf die Soldaten zu.

Die Nuss explodierte und ein greller, weißer Blitz blendete alle Soldaten.

Dragonheart landete und Arry sprang von ihm herab, stellte sich vor ihm hin und sprach laut mit kräftiger Stimme zu den Männern: „Ich bin der Drachenjunge Arry. Das ist mein Freund Dragonheart. Wir kommen in guter Absicht und haben das Heilmittel

„STERNENSTAUBHEILKRAUT"

für den König dabei.".

Arry hielt sein Schwert in der Hand und es leuchtete Blutrot. Da kam plötzlich einer der Soldatenkrieger hervor. Er war gepanzert wie ein großer Leguan-Drache. Dragonheart pfauchte. Arry sagte: „Beruhige dich, kein Feuerstrahl!".

„Ich bin Soldatenführer Komodo. Halte deinen Drachen in Zaum! Unsere Pfeile und Lanzen sind auf euch gerichtet.

Ein Befehl mit einem Handzeichen von mir und ihr seid tot! Gebt mir das Heilkraut für den König, ich bringe es ihm, es darf niemand in das Schloss!".

Arry beruhigte Dragonheart. Beide spürten es: Der Soldatenführer, er war die grässliche Kreatur des Grauens

„VARAN AGAM KOMODO".

Der Junge wollte gerade zu sprechen beginnen, in diesem Moment trat aus dem Schloss die Prinzessin Filipina.

Die Soldaten verneigten sich und der böse Komodo sprach: „Prinzessin, das sind Eindringlinge. Sie wollen dem König und dem Königreich nichts Gutes. Es sind Lügner und Täuscher".

Prinzessin Filipina, groß und wunderschön, im prächtigen Königsgewand, mit ihrer Krone auf dem Kopf. Gefolgt von 50 Mann der Königsgarde, ausgestattet mit Lanzen und Schwertern, trat eindrucksvoll in das rote Licht von Abur Zafar. Die Prinzessin war klug und sagte: „Komodo hat recht. Sprich und erhebe dich Drachenmann, was willst Du?

Junge Männer und Ritter sind gekommen und wollten meinen Vater, den König retten. Viele sind auf der Suche nach dem Heilkraut verschollen oder gestorben. Warum solltest gerade du der Retter unseres Königreiches sein?“

Arry erhob sich, schaute in die Augen der Prinzessin und sagte: „Ich habe das Heilkraut in meiner Trinkflasche und bin eure letzte Hoffnung. Ohne mich ist der König morgen tot.“ Filipina lief eine Träne über die Wange und es wurde ihr warm ums Herz.

Arry strich ihr über die Wange, Elbenstahl begann zu leuchten und umhüllte beide mit dem magischen Licht.

Die Prinzessin sah die Wahrheit im Gesicht des Jungen.

„Komm, hilf dem König, ihr Soldaten seid beruhigt und wartet hier, ich selbst werde dem König das Kraut verabreichen!".

Arry zwinkerte Dragonheart zu, dieser stieg in die Lüfte auf und spie einen kleinen Feuerstrahl in die Luft. Die anwesenden Soldaten zuckten zusammen und duckten sich nieder. Diese waren abgelenkt vom Drachen.

Schnell ging Arry mit der Prinzessin Filipina in das Schloss hinein und sprach: „Das war ein kleines Ablenkungsmanöver, damit der Soldatenführer Komodo uns nicht aufhalten kann.", sagte Arry.

Im Schloss angekommen standen Wachen, mit Schwertern und Lanzen ausgestattet. Sie waren mit Rüstungen wie Ritter gekleidet und auf ihrer Brust leuchtete ein roter Drache, als Wappen.

Die Prinzessin war jetzt entspannt, nahm Arry an der Hand: „Hier im Palast sind wir sicher. Das ist die Königsgarde. Komm, wir gehen jetzt zu meinem Vater, dem König!".

Die Prinzessin deutete mit der Hand und die Wachen öffneten ihnen die Türe. Prinzessin Filipina und der Junge schritten in den Raum hinein.

Arry legte seine Hilfsmittel ab und verneigte sich vor dem König Theolin.

Sofort sah er, was los war. Ein Heiler ließ Blut aus der Vene des Königs herauslaufen, er war weiß wie Schnee, die Augen dunkelschwarz und seine Knochen sah man überall.

Arry schrie: „Stopp mit dem Aderlass!" und der Medikus hörte sofort damit auf.

Der Drachenjunge nahm die Hände der Prinzessin. Diese zitterte am ganzen Körper und weinte. Sie sah in seine Augen und Arry sprach: „Höre mir zu, was ich dir sage! Vertraue mir, ich weiß was ich tue! Befehle den Anwesenden diesen Raum zu verlassen! Dann richte eine Wanne mit Wasser her, es sollte sehr warm sein!".

Die Prinzessin befahl dies ihren Untertanen.

Arry schnitt derweilen mit seinem Schwert die großen Vorhänge vom Fenster und die Sonne schien herein.

Die Diener brachten die Wanne mit dem warmen Wasser und verließen wieder den Raum. „Komm, hilf mir!“, die beiden nahmen den König und legten ihn in das klare Wasser. Dieser stöhnte laut voller Schmerzen.

„Prinzessin, bitte trete zurück! Setze und erschrecke dich nicht!“ Arry nahm seine Tasche, Stippi und Dommy kamen heraus. „Das sind meine Freunde, sie werden mir helfen.“ Dommy sprang auf Filipina und schleckte ihre Wange zur Beruhigung ab. Die Prinzessin nahm ihn in die Hände und streichelte den Kopf.

Nun war die Prinzessin abgelenkt und Arry begann mit seinem Ritual. Er nahm die Giftflasche mit dem roten Stöpsel. Stippi hatte den blauen Stein in ihren Flügeln versteckt, sodass niemand das Geheimnis erkennen konnte.

Er nahm die Giftflasche und darunter gab Stippi Arry den blauen Heilstein in die geschlossene Hand.

Verdeckt von der Trinkflasche sprachen er und Stippi die heiligen Worte:

„KRISTALLQUELL", sei so rein wie der hellste Sonnenschein"

Arry gab seine Hand mit Kristallquell unter das Wasser und legte seine Hand auf das Herz des Königs.

Der böse Agam stand draußen vor dem Fenster und versteckte sich heimlich. Er wollte sehen, was jetzt geschah. Er hörte die Worte und sah plötzlich, wie ein kristallblauer Strahl aus der Wasserwanne heraus leuchtete. Der ganze Raum erleuchtete und es war wie ein greller Blitz.

Das Gift floss aus dem Körper des Königs heraus und zischte wie Säure. Er schrie und hatte höllische Schmerzen. Als das ganze vorbei war, versteckte Arry wieder seinen Stein und Dommy sprang zurück in die Tasche als Beschützer des blauen Heilsteins.

Die Prinzessin und Arry legten den König wieder in sein Bett. Plötzlich begann eine Verwandlung.

Langsam kehrten sein ursprünglicher Körper- und Geisteszustand wieder zurück. Der König öffnete seine Augen und sprach mit schwacher Stimme.

Arry beugte sich zu ihm hin. „Mein Junge, es ist die Wasserquelle „SILVITRIA", oben auf unserem Berg. Der böse Zauberer hat sie vergiftet und will das ganze Volk töten!".

Nach diesen Worten nahm seine Tochter die Hände ihres Vaters und begann vor Freude zu weinen. Dieser schlief vor Erschöpfung ein.

Arry sah den Schatten vor dem Fenster und wusste, wer das war: Das Böse, die grässliche Kreatur des Grauens Varan Agam Komodo.

Dieser sprang auf sein Pferd und ritt Richtung Wasserquelle. Seine bösen Gefährten folgten ihm.

Arry mit seiner ganzen Ruhe sah den König an und blickte in die Augen der Prinzessin: „Der König wird wieder gesund. Er braucht seine Zeit und viel Ruhe. Jetzt muss ich nur noch das Böse vernichten!". Prinzessin Filipina ging auf Arry zu und küsste ihn: „Du bist mein Held für alle Zeit, ich danke dir."

Arry rannte auf die Plattform hinaus und machte einen Pfiff auf seiner Flöte, zugleich war auch schon Dragonheart hier. Arry sprang auf seinen Drachen. Er zwinkerte der Prinzessin noch zu und sagte: „Stippi wird deinen Vater gesund pflegen und ich komme bald wieder!

Komm Dragonheart, folge dem bösen, schwarzen Agam und seinen Kriegern! Flieg so schnell du kannst!".

Dragonheart flog so schnell er konnte. Die schwarzen Reiter sah er nun von der Ferne. „Schneller mein Freund, schneller!", rief Arry. Er stellte sich auf den Rücken und nahm seinen Bogen Bambu, legte zwei Pfeile ein und schoss diese ab.

Einer nach dem anderen traf die bösen Varane und sie fielen von den Pferden. Seine Pfeile im Köcher füllten sich immer wieder neu und jeder traf sein Ziel.

Der Anführer, der böse Komodo war als einziger übriggeblieben. Er rannte zur Quelle und wollte gerade die Giftschlangenflasche von Exodus hineinleeren, Arry löste in diesem Moment die Sehne seines Bogens: „Zischhhhhh."

Ein vergifteter Pfeil sauste in Richtung des Bösewichts und durchbohrte seine Hand.

Dieser schrie laut auf:

„A a a a a a a a a a a a a a a a a a u u u h h h h h h h h h h h h h h h."

Die grässliche Kreatur stürzte und lag am Bauch. Er ließ die Giftflasche vor der Quelle fallen. Diese rollte sich ein und blieb vor dem Wasser liegen.

Arry und Dragonheart waren angekommen. Der Junge ging langsam auf den Bösewicht zu. War er tot?

Abur Zafar leuchtete rot, seine Freunde Dragonheart und Dommy sprachen leise: „Pass auf!".

Der Junge hatte das Schwert in der Hand, wollte die Schlangen-Giftflasche von der Quelle weggeben und beugte sich nach unten. Doch da, der listige böse Komodo, sprang auf und riss Arry seine Wasserflasche mit dem roten Stöpsel vom Rücken herunter und schlug ihn auf den Boden nieder.

Mit seinem Schwert in der Hand fiel Arry auf den Rücken und sah dem Bösen Agam zu, was er tat. Elbenstahl am Kopf, Abur Zafar in der Hand, Dragonheart und Dommy an seiner Seite, wusste er, der Böse konnte ihn nicht töten.

Dragonheart stellte sich mächtig auf und wollte schon einen Feuerstrahl los-schicken, da sagte Arry: „Nein, mach das nicht! Bleib ruhig!"

Da sprach die grässliche Kreatur des Grauens Varan Agam Komodo, im Glauben daran, dass dieser Zaubertrank in Arrys Wasserflasche ihn unsterblich machen und ihm die Kraft aller Drachen geben würde.

„Ich trinke dieses Elixier, werde euch anschließend töten und das Königreich übernehmen!“. Er nahm die Trinkflasche und trank alles aus, daraufhin ein Schrei von ihm:

„A A A A A A A A A A A, H H H H H H H H H H H H H H.“

Es war das „SKORPIONGIFT“. Sein ganzer Körper begann zu rauchen und sich zu zersetzen. Er verbrannte von innen nach außen und das Fleisch fiel von den Knochen herunter.

Arry stand auf und schritt mit seinen beiden Freunden zur Quelle des Wasserursprungs. „Dragonheart, zerstöre diese Schlangengiftflasche! Speie Feuer darauf!".

Dommy gab seinem Freund den blauen Kristallstein aus der Tasche. Arry nahm seine Hand und streckte diese in das Wasser hinein und sprach:

„KRISTALL QUELL", sei so rein wie der hellste Sonnenschein"

Plötzlich begann das Wasser zu leuchten, floss rein, kristallklar in Richtung Stadt, Felder und Auen des Königreiches. Die Blumen richteten sich wieder auf. Die Wiesen und Bäume begannen sich grün zu färben.

Das Königreich begann wieder im alten Glanz zu erstrahlen. Auch die Menschen und Tiere tranken das kristallklare Wasser. Die Krankheit wich und die Menschen begannen sich mit ihren Familien und Kindern an ihrem neu gewonnen Glück zu erfreuen.

Der junge Drachenmann stieg auf Dragonheart, Dommy hüpfte in die Tasche von Arry und gemeinsam flogen sie zum Königs Palast.

Die Menschen mit ihren Familien sowie Soldaten, Bauern, Bürger und Edelmänner kamen von überall herbei, streckten ihre Arme in die Höhe, applaudierten, jubelten und sangen:

„Arry ist unser Held, Arry ist unser Held!"

Am großen Platz angekommen, war der König auf der Terrasse zu sehen. Er saß noch schwach in seinem Königssessel.

Neben ihm stand seine Tochter Filipina, stolz, anmutig in ihrem prächtigen Gewand, sowie mit der Krone am Kopf.

Da schritt Arry mit Dommy und Dragonheart den beiden entgegen. Er lachte Filipina an und sprach.

„Mein König, wie versprochen habe ich das Heilkraut geholt, euch gerettet und das Böse besiegt!"

„Komm noch näher, mein junger Held, gib meiner Tochter das Schwert und knie vor uns nieder!".

„PRINZ ARRY DER DRACHENRITTER"

„Mein junger Held, wie du dein Versprechen gabst, so werde auch ich mein Versprechen halten. Hiermit schlagen wir dich nun zum Drachenritter.

Du bist zukünftig, oberster Ritter und Heerführer über alle Soldaten in diesem Königreich!".

Die Prinzessin berührte den jungen Helden auf beiden Schultern und seinen Kopf mit dem Schwert Abur Zafar.

Das Schwert begann in allen Regenbogenfarben zu leuchten.

Die Prinzessin, alle anwesenden Menschen sowie auch Dragonheart begannen sich ehrfürchtig vor diesem großen Krieger zu verneigen:

„ARRY, RITTER DRAGONHEART !"

Arry stand auf, erhob sich, nahm sein Schwert und streckte es in die Höhe.

„Ich gelobe, als Arry, Ritter Dragonheart, meinen König Theolin sowie Prinzessin Filipina und das gesamte Königreich, mit Menschen, Tieren und Lebewesen zu beschützen. In Guten wie auch in schwierigen, herausfordernden Zeiten!".

Die Menschen jubelten und applaudierten und ein großes, sieben Tage langes Fest begann. Trommeln wurden geschlagen, Posaunen und Trompeten laut geblasen. Es begann das Tanzen, Singen, Fröhlich sein und unbeschwertes Lachen.

Arry feierte mit seiner Familie, Freunden, Wegbegleitern und all den Menschen, die ihr Glück und ihre Freiheit wieder zurückgewonnen hatten.

Arry bereitete sich am Ende der Feierlichkeiten auf die Abreise vor. Er verabschiedete sich von seinen Geschwistern, Eltern und seinen neu dazu gewonnen Freunden. Sie umarmten und drückten sich, Tränen flossen. Nicht lange hier gewesen, ging es schon wieder auf eine Reise, in die nächsten Abenteuer.

Vater und Mutter wussten, wo sein nächster Weg ihn hinführte. Auch König Theolin und Prinzessin Filipina kamen, um sich zu verabschieden. Sie nahm Arry in die Arme und sagte leise zu ihm „Ich …… ….“ und gab ihm einen Kuss.

In seinen Gedanken hatte **„Arry Ritter Dragonheart“** das nächste Ziel vor sich. Er dachte an seine große Liebe Andromina

……………

Kappo III

„KÖNIGSLIED"

G Am D
Und ich glaub an mich, so wie dich
G Am
Ich wünsche für dich und mich
Am7 C Am D
Ich sehe dich und ich frage mich

G / AM / D / G / AM / AM7 / C / D

Em E
Vielleicht vielleicht
Am D
Werde ich mein Königreich niemals sehen
Am Am7
Vielleicht, vielleicht
C
Werde ich den König sehen
D G
Und für ihn wie ein Ritter auf eine Reise gehen

Am D
Und ich denke an dich
Am D
Und ich verneige mich
G C D
Weil ich ehre dich

G
Königsherz, Königsherz
Am D
Kennst du die Wahrheit nicht

Am C D
Nimm diesen blauen Heilstein, weg mit dem Gift

G Am
Drachenritter, Drachenritter, du beschütze mich

C D G
Drachenritter, Drachenritter, ich dann , ehre dich

1x gesprochen – 1x gezupft und geschlagen

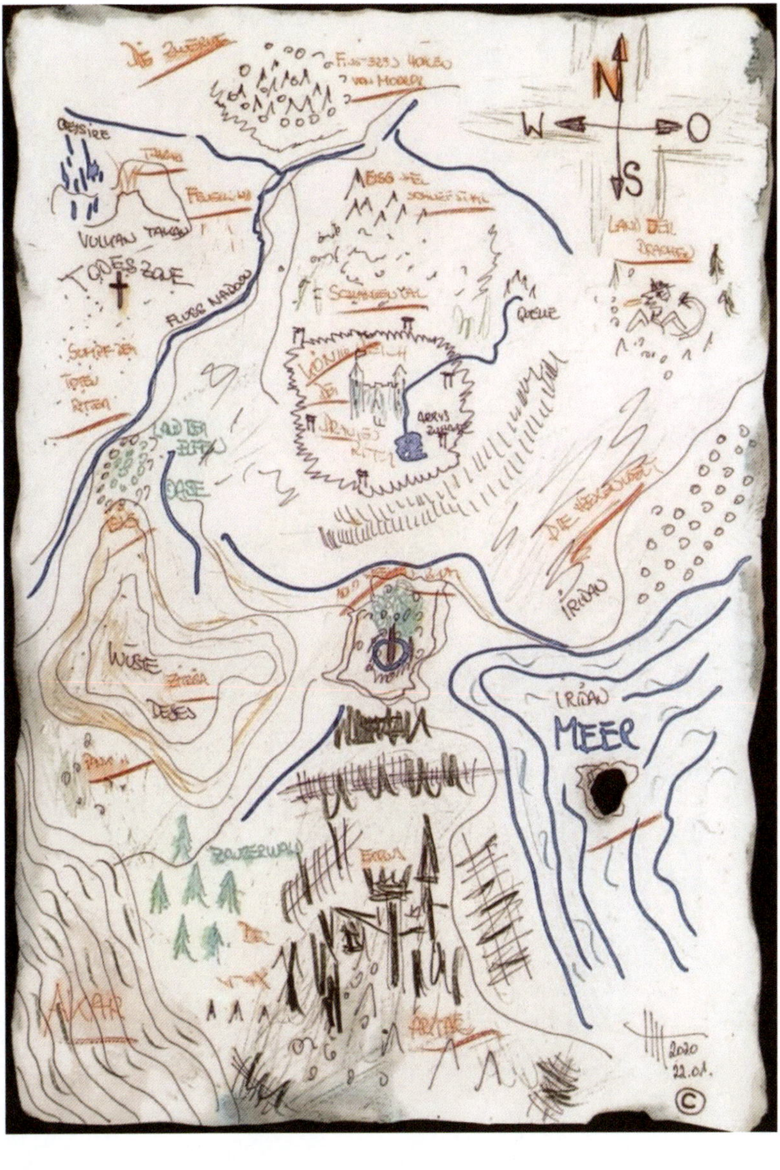
N
W
O
S
TODESZONE
OASE
IRIDAN
MEER
2020
22.01.
©